ちくま文庫

ジョン王

シェイクスピア全集32

松岡和子 訳

筑摩書房

The Life and Death of
King John

目次

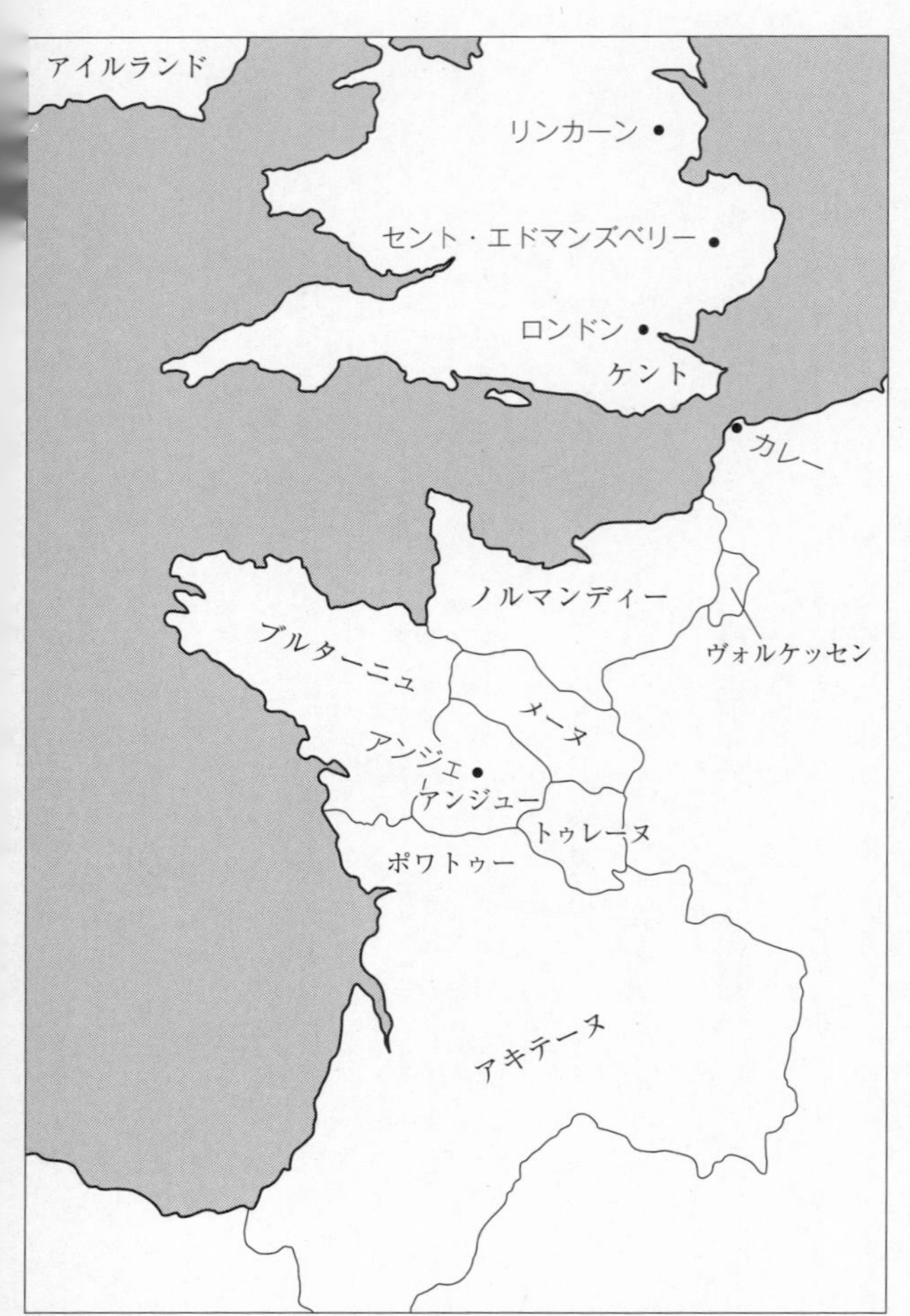

アイルランド
リンカーン
セント・エドマンズベリー
ロンドン
ケント
カレー
ノルマンディー
ヴォルケッセン
ブルターニュ
メーヌ
アンジェ
アンジュー
トゥレーヌ
ポワトゥー
アキテーヌ

ジョン王

人物 〈イングランド側〉

王ジョン　イングランド王
皇太后エリナー　先王ヘンリー二世の妃、ジョン王の母
王子ヘンリー　ジョン王の息子、のちのヘンリー三世
カスティリアのブランシュ　ジョン王の姪
ソールズベリー伯爵
ペンブルック伯爵
エセックス伯爵
ノーフォーク伯爵ビゴット
ロバート・フォークンブリッジ　故サー・ロバート・フォークンブリッジの息子
私生児フィリップ　サー・リチャード・プランタジネットとしても知られる
ヒューバート　ジョン王の腹心
フォークンブリッジ夫人　サー・ロバート・フォークンブリッジの未亡人、フィリップとロバートの母
ジェイムズ・ガーニー　フォークンブリッジ夫人の従者

ポンフレットのピーター　予言者
死刑執行人たち
代官　ジョン王の手先
伝令
使者

〈フランス側〉
王フィリップ　フランス王
皇太子ルイ　のちのルイ八世
シャティヨン　ジョン王への使節
メルーン　イングランド人の血の入ったフランス貴族
伝令
使者

〈第三の陣営〉
アーサー　ブルターニュ公爵、王ジョンの甥（ジョンの兄ジェフリーの息子）

コンスタンス　　ジェフリーの未亡人、アーサーの母
オーストリア公爵リモージュ　　フランスの同盟者
枢機卿パンダルフ*　　ローマ法王の使節
アンジェの市民たち

貴族たち、役人たち、兵士たち、ラッパ手たち、従者たち

場所　イングランドとフランス

*
Cardinal Pandulph　a papal legate　「ローマ法王の使節」としたが、二〇一九年十一月二十一日新聞報道の外務省発表によれば、それまで日本政府として「ローマ法王」としてきた呼称を「ローマ教皇」に変更したという。ただし、「法王」を使用しても間違いではない、としている。もっとも、日本のカトリック教会は八一年のヨハネ・パウロ二世の来日を機に「教皇」に呼称を統一したそうだ。「教える」という字を用いる「教皇」の方がより職務を表現していると考えたからだという。

第一幕

第一場　イングランドの王宮

ファンファーレ。王ジョン[*1]、皇太后エリナー[*2]、ペンブルック伯[*3]、エセックス伯[*4]、ソールズベリー伯[*5]、フランスの使節シャティヨン[*6]、従者たち登場。

王　さて、シャティヨン、言え、フランスは余にどうして欲しいのだ？[*7]

シャティヨン　フランス王は、私を通してご挨拶したあと、こちらにおいでの陛下に、イングランドの借り物の陛下に、こう仰せでございます。

＊1
King John（一一六六～一二一六、在位は一一九九から）ヘンリー二世とエリナーの四男で末息子。父に「欠地（または無地）(Lack-land)」というあだ名をつけられた。その理由は、領土をすべて兄たちに分け与えてしまい、ジョンの分がなくなったから。一二〇一年の時点で三十五歳。

＊2
Queen Eleanor（一一二二～一二〇四）フランス読みの通称はアリエノール・ダキテーヌ。フランスのアキテーヌの領主ギヨーム十世の後継で、フランス王ルイ七世と離婚ののちヘンリーと結婚した。

＊3
Pembroke（一一四六？～一二一九）第一代ペンブ

エリナー　妙な切り出し方、「借り物の陛下」？
王　まあ、母上、黙って使節の話をお聞きなさい。
シャティヨン　フランス王フィリップ[*1]は、貴下の亡き兄君
ジェフリー[*2]のご子息アーサー・プランタジネットの
正当な権利を擁護するため、この美しい島とその領土——
アイルランド、ポワチエ、アンジュー、トゥレーヌ、メーヌ
——
の引き渡しを合法的に要求し、また
貴下が剣を置いたうえ、
その剣をふるって簒奪(さんだつ)しているこれらの所領を、
貴下の甥にして正当な君主である
幼いアーサー[*3]に手渡すことを望んでおります。
王　それを拒否したら、どうなる？
シャティヨン　流血をもたらす熾烈(しれつ)な戦争です、
かくも無理無体(むりむたい)に奪われている諸権利奪還のため。
王　ならば戦争には戦争を、流血には流血を、強制には
強制を、それが我が国のやり方だとフランス王に伝えろ。

ルック伯爵ウィリアム・マーシャル。ヘンリー二世、リチャード一世（獅子心王）、ジョン、ヘンリー三世に仕えた。

＊4
Essex（一一六二？〜一二一三）第一代エセックス伯爵ジェフリー・フィッツピーター。リチャード一世にも仕え、一一九八年から死の時までイングランドの最高法官（Justiciar ＝ノルマン王朝およびプランタジネット王朝の政治上・司法上の大官）を務めた。

＊5
Salisbury（一一七六？〜一二二六）第三代ソールズベリー伯爵ウィリアム・ロンジェペー、ヘンリー二世の非嫡出子。リチャード一世の仲だちでソールズベリー女伯爵エラと結婚しソ

シャティヨン　では私の口から我が王の挑戦をお受けください、
これが使節として私が申し上げられるぎりぎりです。

王　彼への私の挑戦を携(たずさ)え、無事に立ち去れ。
稲妻となってフランス王の目を射抜け、だが
お前が報告する前に、私は先回りしているぞ。
私の大砲の雷鳴を聞かせてやる。
さあ、行け！　余の怒りの伝令ラッパとなり、
おのれの破滅を予言する弔いの鐘となれ。
この男に立派な警護をつけて送り出せ、
ペンブルック、頼んだぞ。さらばだ、シャティヨン。

（シャティヨンとペンブルック、従者と共に退場）

エリナー　ほらね、ジョン？　言わないことじゃない、
あの野心家の*コンスタンスのことだから、自分の息子の
権利を主張して、フランスはおろか世界中に
火をつけないうちは収まらないだろう。
こんなことは未然に防げたかもしれない、友好的に
話し合っていれば修復できたかもしれない、

ールズベリー伯爵になった。

*6
Chatillon　シャティヨンは、フランスのプロテスタント、ユグノーのリーダーであるコリニー提督の名字。

*7
What would France with us?　ここで使われているusは、「君主のwe（royal we）」「君主の複数 royal plural」と呼ばれる人称代名詞we（our, us, ours）で、文字どおり王（君主）が自身を表すときに用いる。同一人物でも私人として語るときはI（my, me, mine）を使う。前者は「余」後者は「私、俺」などと訳した。

一〇頁の注

*1
フランス王フィリップ二世（一一六五～一二二三、在

でもこうなったら二つの王国が
恐ろしい流血の戦いで決着をつけるしかない。

王　こちらには強大な兵力と正当な権利がある。

エリナー　（王に傍白）頼るならあなたの権利より強大な兵力です、さもないとあなたにも私にもまずいことになる。私の良心があなたの耳にそう囁いている、神とあなたと私以外に聞かせてはならぬことです。

代官*が登場し、エセックスに耳打ちする。

エセックス　陛下、前代未聞の奇妙な悶着（もんちゃく）が、ある地方で起こりまして、陛下直々（じきじき）のご採決を仰いでおります。当事者を出頭させましょうか?

王　呼び入れろ。フランス遠征の軍資金は至急各地の修道院から徴収しよう。

位一一八〇～一二二三）ルイ七世（在位一一三七～八〇）の子息。

*2 Plantagenet　語源はラテン語の planta genista（エニシダ）で、ヘンリー二世を創始者とする王家の名。その家系はリチャード三世まで続く。ヘンリー二世の父アンジューのジョフロワは帽子にエニシダの枝を挿したという。

*3 young Arthur　ジョン王の兄ジェフリーとコンスタンスの息子。史実では一一八七年生まれのアーサー（アルテュール）はこの時点（一二〇一年）で十四歳だが、本作ではもっと幼い少年として描かれている。

一一頁の注

ロバート・フォークンブリッジとその異父兄である私生児*フィリップ登場。

お前たちは何者だ？

フィリップ　陛下の忠実な臣下にして紳士、
生まれはノーサンプトンシャー、そしてかつて
リチャード獅子心王の栄(は)えある御手(おんて)により
戦場にて勲爵士に叙せられた軍人
ロバート・フォークンブリッジの長男、のはずです。

王　お前は？

ロバート　そのフォークンブリッジの嫡男(ちゃくなん)でございます。

王　あれが兄で、お前が嫡男？
ならば母親は一人ではなさそうだ。

フィリップ　母親が一人なのは間違いありません、強大なる王よ、
それは周知の事実です。父親も一人だと思いますが、
しかし真相を知りたいとお望みなら
神と私の母にお尋ねください。私は怪しいものだと

＊ Constance　ヘンリー二世の四男ジェフリー（一一五八～八六）の未亡人、アーサーの母。父、ブリタニー公爵コンラン四世からヨークシャーのリッチモンドを引き継いだ。ジェフリーの死後、二度結婚。

一二頁の注

＊ Sheriff　王に代わる地方統治のトップ。主として財務を管理する。

一三頁の注

＊ Philip the Bastard（私生児フィリップ）、シェイクスピアが本作の下敷きにした作者不詳の劇『ジョン王の乱世（*The Troublesome Raigne of John King of*

England)』(以下『乱世』)にも登場する。

思ってますがね、人の子なら誰でもそうでしょう。

エリナー　呆れた、何と不謹慎な、そんな疑いをいだけば
自分の母親を辱め、その名誉を傷つけることになる。

フィリップ　私が、皇太后様？　いや、私にはこんな事を持ち出す
理由はない、訴え出たのは弟であって、私ではありません。
もしそれを証明できれば、弟は少なくとも年収
五百ポンドって身分から私をほっぽり出すんだ。
神よ、私の母の名誉と私の土地を守り給え。

王　歯に衣着せぬ面白いやつだ。なんと、あの男は年下のくせに
お前の相続財産を自分のものだと言うのか、なぜだ？

フィリップ　なぜかは分かりませんが、土地を手に入れたいのは
確かです。
ただ、弟は一度、私を私生児と貶したことがあります、
しかし私が正式な結婚でできた子か否か、
その答えは私の母に任せましょう。
私が弟にひけをとらぬ良い生まれであることは、陛下——

私を生むために骨を折ってくれた人の遺骨に幸いあれ——
二人の顔を見比べてご自身で判断してください、
もしサー・ロバート老人が我々二人をこしらえた
父親であり、そこの息子が父親似なら——
ああ、サー・ロバート老よ、父よ、俺は跪いて　（跪く）
神に感謝する、あんたに似ていなくてよかったと。

王　いやあ、天は何たる奇人変人をここに送ってよこしたのだ？

エリナー　この男には獅子心王の顔に似たところがある、
声も口ぶりもそっくり。大柄なこの男の
体つきに私の息子の特徴が見て取れませんか？

王　私の目はあの男をなめるように眺め、どこを取っても
リチャードそのものだと見ています。おい、言ってみろ、
お前はどういうわけで兄の土地を自分のものだと言い張るのだ？

フィリップ　あいつが私の父に似ているのは横顔だけだからです。*
顔半分で私の土地ぜんぶをものにしようってんだから、王の横

＊ a half-faced groat　英国で十三世紀末に初めて鋳造されたグロート銀貨はもともとは価値の高いコインだったが、シェイクスピアの時代の四ペンスと等価のグロート銀貨は薄く、無価値なものの代名詞となった。君主の横顔や正面向きの顔が刻印されていた。

顔を刻んだ
四ペンス銀貨一枚で[*1]年収五百ポンドふんだくるようなものです。
ロバート　恵み深い陛下、私の父は存命中、
陛下の兄君に多大なご愛顧をたまわり――
フィリップ　なあ、おい、それじゃ俺の土地はものに出来ないぞ。
俺のおふくろがご愛顧をたまわったと言わなきゃ。
ロバート　父は一度獅子心王により[*2]神聖ローマ帝国皇帝への
使節としてドイツに派遣されました、
当時の重要問題について交渉するためです。
王は父の不在に乗じ、その間（かん）
父の館に滞在なさいました。そこで王がどのように母を
口説き落としたかは口に出すのも恥ずかしいことですが、
事実は事実、父と母のあいだには広大な
海と海岸が横たわり、
私が父自身から聞いたところでは、母は
その時この元気一杯の紳士を妊（みごも）ったとか。
父は死の床で遺言どおりに父の土地を

＊1
… a pops me out/ At least from fair five hundred pound a year. くだけた口語的な語り口。'a あるいは a は he であり、pop out は eject from（放逐する）、cut out of（切り離す）という意味のやはり口語的言い回し。私生児フィリップの、王や皇太后に対する一種の馴れ馴れしさの表れだと言える。

＊2
the Emperor　神聖ローマ帝国皇帝ハインリッヒ六世（在位一一九一～九七）。

私に遺贈してくれたうえ、厳(おごそ)かに誓ったのです、
ここに居る私の母の息子は断じて父の子ではないと。
父の子だとすれば、普通の妊娠期間よりまる十四週も
早くこの世に生まれたことになる。
ですから、陛下、私のものである父の土地を
父の遺言どおり私にお授けください。

王　おい、お前の兄は正当な嫡男(ちゃくなん)だぞ、
お前の父の妻が結婚後に産んだのだから。
母が不義を犯したなら、それは母の罪――
その罪は妻を持つすべての夫が
被(こうむ)る危険だ。なあ、どうだ、もし私の兄が――兄は、
お前によればこの息子を作るために骨を折ったそうだが――
お前の父に、これは自分の息子だから寄越せと言ったらどうなる？
きっと、なあ友よ、お前の父は、自分の雌牛が産んだ
この子牛を手元に置くだろう、世間が何と言おうと。
うん、きっとそうする。となると、この男が私の兄の子であっ

ても

私の兄はそれを主張せず、またお前の父も自分の子でないから

といってこの男の認知を拒みはしないだろう。そこで結論はこ

うだ、

私の母の息子がお前の父の後継ぎを作った、

お前の父の後継ぎはその土地を相続せねばならぬ。

ロバート では自分の子でない者に相続させないという

私の父の遺書には、なんの力もないのですか？

フィリップ そんな力はないね、親父には

俺をこさえようという意志も性欲もなかったように。

エリナー お前の望みはどちらですか、フォークンブリッジ家の

一員として、弟のように自分の土地を持つことか、

それとも獅子心王の落とし胤と認知されて、

土地はなくとも、おのれの主人になることか？

フィリップ 皇太后さま、仮に私の弟が私の姿になり、

私が弟のように、つまり老サー・ロバートの姿になるなら、

そして私の脚が二本の乗馬用の鞭なみにひょろっとして、

腕は詰め物をしたウナギの皮みたいに細く、貧弱な顔ときたら、
「見ろ、あの*三日月面！」などと言われかねず、
耳に薔薇の花をはさむような気取ったまねもできない、
そんな姿をさらして土地をぜんぶ相続するくらいなら、
このままここで固まって死んじまったほうがましです。
この顔のままでいられるなら、土地なんか残らずくれてやる。
とにかくケチなお山の大将はまっぴらです。

エリナー　お前が気に入った。どうだろう、財産を捨て、
お前の土地を弟にゆずって私についてきませんか？
私は軍人であり、これからフランスに出征するのです。

フィリップ　弟よ、俺の土地を取れ、俺は運を取る。
お前はその顔で年収五百ポンドを手に入れた。
だが売るとなったら、その顔は五ペンスでも高すぎる。
皇太后様、私は死ぬまで陛下について行きます。

エリナー　いえ、死ぬときはついて来ず先に行きなさい。

フィリップ　目上の人に道を譲るのが俺らの田舎の礼儀です。

王　お前、名は何という？

＊ Look where three-farthings goes.「見ろ、三ファージング野郎が行くぞ」。三ファージング銀貨にはエリザベス一世の横顔が刻まれ、耳の後ろあたりにはチューダー・ローズが配されていた。

フィリップ　フィリップです[*1]、陛下、先に生まれた嫡男、
フィリップです、サー・ロバート老の妻の長男。

王　これからはお前にその姿をくれた人物の名を名乗れ、
跪け、フィリップ、そしてより大いなる者として立ち上がれ。

（フィリップは跪く）

立て、サー・リチャード、お前はプランタジネットだ。

私生児[*2]　母方の弟よ、握手だ。
俺の親父は名誉をくれた、お前の親父がくれたのは土地だ。
サー・ロバートの留守中に、それが夜であれ昼であれ、
俺が産み付けられた時刻に幸いあれ。

エリナー　見上げた根性だ、さすがはプランタジネット！
私はお前の祖母、リチャード、私をそう呼びなさい。

私生児　そう呼べるのも偶然のおかげ、誠を尽くしたせいじゃない、
だが、それがどうした？　道ならぬ行為で回り道、
窓であれくぐり戸であれ、忍び込むまでは暗い道、
昼間動けぬ立場なら、夜出歩くのは止むを得ない、

＊1
Philip, my liege, so is my name begun/ Philip, good old Sir Robert's wife's eldest son. 二行連句になっており、童謡のような調子。

＊2
一六二三年に出版されたシェイクスピアの戯曲全集第一・二つ折本（The Frist Folio　以下F）の頭書きを踏襲するアーデン3に従った。リチャードという名を授かったフィリップの頭書きは以下Bastard（私生児）となる。

手に入ったらこっちのもの、どうやって手に入れたかは関係ない、
急所を射抜こうが逸(そ)れようが、的に当たれば大当たり、
種のつき方がどうであれ、俺が俺であるのは慶賀(けいが)の至り。

王　行け、フォークンブリッジ、これでお前の望みは叶った。
土地なしの騎士のおかげで土地持ちの郷士[*1]になった。
さあ、母上、さあ、リチャード、急がねばならん、
フランスへ、フランスへ、これ以上の緊急事態はあり得ん。

私生児　弟よ、じゃあな、幸運を祈る、達者でな。
何しろお前は真っ当な生まれなんだからな。
（私生児を残して一同退場）

騎士(ナイト)になって身分は一歩前進したが、
土地を失くして地主としては何百歩も後退した。
でもまあこれで、その辺のおねえちゃん[*2]も俺と結婚すりゃ貴婦人だ。
「こんばんは、サー・リチャード」「うむ、ありがとう」てなもんだ、

＊1　squire　階級としては、私生児が叙された騎士（knight）の一ランク下。日本の郷士に近似する。郷士とは「江戸時代、農村に居住した武士。また、由緒ある旧家や名字帯刀を許された有力農民を指すこともある」（『大辞林』）。

＊2　any Joan　日本語で言えば「その辺の花子さん」、Joanはシェイクスピアの時代では身分の低い女性の一般的な名前だったようだ。

相手の名前がジョージなら、わざとピーターと呼んでやる。偉くなりたての人間は人の名前を忘れるもんだからな。身分が高くなったのに、そういうのを憶えてるのは庶民的でへり下りすぎだ。さてそこで外国帰りの旅行家が、閣下様たる俺の宴会につま楊枝持参で馳せ参じる。俺の勲爵士腹(くんしゃくしばら)がいっぱいになると、いよいよ俺は歯をシーシー言わせながら諸外国を回ってきたくだんの旅行家と問答を始める。「ねえ、君」と、頬杖をついて切り出すね、「一つお願いがあるんだが」――これが質問、すると教科書どおりの答えが返ってくる、「おお、閣下」と答えが言う、「何なりと御意のままに、仰せのままに、閣下にお仕えいたします」。「いやいや」と質問が言う、「どういたしまして、こちらこそ」。で、質問の訊きたいことが何かも分からんうちに、もっとも、もったいぶった挨拶とか、アルプス山脈やアペニン山脈がどうの、ピレネー山脈や*

＊...the Alps and Apennines. /The Pyrenean and the River Po　アルプスとアペニンはフランス、スイス、オーストリアにまたがる山脈。ピレネーはスペインとフランスにまたがる山脈、ポー川はイタリア北部を流れる川。

ポー川がこうのといった話は分かるけどな、
いつの間にか夕食[*1]の時間になっちまう。
しかしこれが上流階級の社交ってやつだ、
俺みたい強烈な上昇志向の持ち主にはぴったりだ。
だって、外交辞令の一つも言わなきゃ
時代の私生児に成り下がるからな。いやそんなこと
言おうが言うまいが、そもそも俺は私生児だ。
だから服装や勲爵士の徽章(きしょう)、
外見や目立つ衣装をまとって見せるだけでなく、
心の底から望んで、時代の口に合う甘い、甘い、甘い
追従(ついしょう)の毒を提供してやる、俺には
人を騙すためにそいつを使うつもりはないが、
騙されないために習得しておくにかぎる、出世街道[*2]
まっしぐらの俺の足元には追従がばら撒かれるんだから。
おっと誰だ、乗馬服着込んで急いでくるのは？
女だてらに伝令か？　角笛(つのぶえ)[*3]吹き鳴らして先触れする
亭主はいないのか、私は寝取られ亭主でございってな？

＊1
当時の正餐（dinner）は正午に、晩餐（supper）は五時、六時ごろに摂られた。

＊2
For it shall strew the footsteps of my rising.「追従(it)は俺の上昇の階段に撒き散らされるだろうから」。お偉方の足元に花が撒かれるイメージ、あるいは当時の習慣として、い草が撒かれるイメージ。

＊3
Hath she no husband/ That will take pains to blow a horn before her? 寝取られ亭主の額には角(horn)が生えるという俗説があった。また、早馬の伝令の到着は角笛で知らされた。その両方を踏まえたジョーク。

フォークンブリッジ夫人と従者のジェイムズ・ガーニー登場。

おやおや、おふくろだ。どうなさいました、母上、

何でまたそんなに急いで宮廷に？

フォークンブリッジ夫人　あのろくでなし、お前の弟はどこ？

どこなの、私の名誉を追い回し台無しにしようとしているあの

子は？

私生児　弟のロバート、サー・ロバートの息子の？

巨人コルブラント*も真っ青なあの筋骨たくましい豪傑、

サー・ロバートの息子をお探しですか？

フォークンブリッジ夫人　サー・ロバートの息子？　ええ、そう

よ、

この親不孝者、サー・ロバートの息子ですよ。どうしてお前は

サー・ロバートを馬鹿にするの？　あの子もお前もサー・ロバ

ートの息子です。

私生児　ジェイムズ・ガーニー、ちょっと外してくれないか？

＊Colbrand the Giant　十四世紀のロマンス『ウォリックのガイ（*Guy of Warwick*）』に登場するデンマークの英雄。主人公のウォリックのガイに殺される。『ヘンリー八世』五幕三場でも言及されている（ちくま文庫版二一九頁）。ロバートが痩せて貧弱なのを揶揄している。

ガーニー いいとも、フィリップ。

私生児 俺がお前のいい友だと![*1] ふざけるな、ジェイムズ、かなり面白いことがあってな、いずれ話してやるよ。

（ガーニー退場）

母上、僕は老サー・ロバートの息子じゃなかった。聖金曜日[*2]にサー・ロバートが僕の中のご自分の一部を食いたがっても、断食の掟（おきて）を破ることにはならない、そんな部分は無いんだから。サー・ロバートだってやることはやれた――でも、ぶっちゃけ――

僕をこしらえることとは? サー・ロバートには僕をこしらえられなかった、母上も僕も彼の物作りの腕は知ってますよね。だから母上、僕にこの四肢五体をくれたのは誰なんです? サー・ロバートは絶対にこの脚作りを手伝わなかった。

フォークンブリッジ夫人 弟と手を組んだのね、お前は自分の利益のためにも私の名誉を守らねばならないのに?

＊1
ガーニーが Good leave, good Philip. と、いわばタメ口をきいた（名前に good をつけて呼ぶのは、相手が自分と同等か目下の場合）ので、いまやサー・リチャード・プランタジネットである私生児は Philip? Sparrow? と返している。「フィリップだと? スズメ扱いか?」というところだが、シェイクスピアの時代、フィリップはペットのスズメの名前だったという。

＊2
Good Friday 「受難日、受苦日」ともいう。復活祭の前の金曜日で、キリストの磔を記念する祭日。二、三世紀ごろから断食を守る日とされた。

どういうつもり、人を馬鹿にして、この悪党。

私生児　アクトウ[*1]じゃない、ナイト、ナイト、例のバシリスコじゃないけど。
ねえ、僕はナイトに、勲爵士に叙されたんです、この肩に王の剣を受けて。
母上、僕はサー・ロバートの息子じゃない、
僕はサー・ロバートも僕の土地も捨てました。
嫡子の認知も家名もぜんぶおさらばです。
ですから母上、僕の父親が誰か教えてください、
いい男でしょうね、きっと。誰です、母上？

フォークンブリッジ夫人　お前はフォークンブリッジと縁を切ったのね？

私生児　悪魔と縁を切るように、真摯に。

フォークンブリッジ夫人　リチャード獅子心王がお前の父親です。
激しく、いつ果てるともなく求められ、誘惑に負けた私は
あの方を夫のベッドに迎えてしまった——
天[*2]よ、私の過ちを私のせいになさらないで！

＊1
knave（悪党）と言ったフォークンブリッジ夫人に knight（騎士、勲爵士、ナイト）で答えている。シェイクスピアの先輩劇作家トマス・キッド（Thomas Kyd）作とされる悲劇『ソリマンとパーセダ（*Soliman and Perseda*）』（一五九〇年ごろ）に登場する法螺吹きの騎士バシリスコ（Basilisco）が、ピストン（Piston）という人物に「悪党（knave）」と言われて「勲爵士だ、勲爵士だ（knight, knight）」と繰り返す。私生児はそれを真似てふざけている。

＊2
アーデン3ではここは God, lay not my transgression to thy charge! となっている（この thy は私生児

お前は高くつく愛しい罪の落とし子、
その罪は攻めに攻められ防御不能なゆえに犯したもの。
私生児　天の光にかけて、僕がまた生を受けるとしても、
母上、これ以上の父は望みません。天国ではともかく
この地上では、罰を免れ特別扱いされる罪もある。
母上の場合がそうです。あなたの過ちはあなたの愚かさではない。
母上としては、王の意のままに心を明け渡すしかなかった、
命令に等しい愛への臣下からの捧げものとして。
その凶暴なまでの無類の力には
恐れを知らぬ獅子ですらあらがい切れず、
百獣の王としての心臓をリチャードの手で摑み出された。*
力ずくで獅子の心臓を奪う男にとっちゃ
女の心を勝ち取るのは朝飯前でしょう。ええ、母上、
父上のことでは心の底から感謝します。僕が生を受けたのは
母上のよからぬ行いのせいだと言うやつが今生きてここにいたら、

を指すのだろう）が、Fでは Heaven, lay not my transgression to my charge! Fを採った。

＊伝説によれば、リチャード一世は、ライオンの喉から腕を突っ込み、心臓をつかみ出して殺し、その心臓を食べたという。そこからリチャード獅子心王（Richard Coeur de Lion＝Richard the Lion Heart）というあだ名がついた。

そいつの魂を地獄に送り込んでやります。さあ、母上を僕の親戚に紹介しましょう。彼らはきっと言いますよ、リチャード王が僕を仕込んだとき、あなたが「いや」と拒んだなら、それこそ罪だったと。拒まなかったのを罪だと言うやつは嘘つきだ、僕は罪だとは言いません。

（二人退場）

第二幕

第一場　フランス、アンジェ[*1]市門の前

ファンファーレ。フランス王フィリップ、皇太子ルイ、オース[*2]トリア公爵、コンスタンスとアーサー、そしてフランス軍とオーストリア軍登場。

フランス王　勇敢なオーストリア公、アンジェの前でお会い出来るとは恐悦至極(きょうえつしごく)。アーサー、お前の血筋(ちすじ)の偉大な源である
リチャード王は、獅子の心臓をつかみ出し、
十字軍を率いてパレスチナで武勲を立てたが、

*1　Angers（Fの綴りはAngiers）　フランス西部、メーヌ＝エ＝ロワール県の県庁所在地。ロワール川沿いのナントとソミュールの間に位置する。

*2　the Duke of Austria　実在した二人の人物を一人にしてある。『ジョン王の乱世』でも同じ。シェイクスピアはそれを踏襲したと思われる。一人はリチャードを捕え、投獄したオーストリア公レオポルト、いま一人はリチャードに傷を負わせ、死にいたらしめたリモージュ子爵ヴィドマール。この場でのちに言及されるが、リチャード獅子心王が身につけていたとされるライオンの毛皮を羽織っている。

この勇敢な公爵の手にかかり若くして墓に納められた。
公爵はその甥に償（つぐな）いをしようと
我々の懇願に応じてここまで軍を進め、いいか
少年よ、お前のために軍旗をはためかせておられる、
肉親の情に悖（もと）るお前の叔父、イングランドのジョンによる
王位簒奪（さんだつ）を厳（きび）しくとがめようというのだ。
公爵を抱き、愛し、歓迎しなさい。

アーサー　神はあなたが獅子心王を死に追いやったことを
お許しになるでしょう。彼の子孫を生かすために
戦争の翼を広げ権利を守ってくださるのですから。
あなたを歓迎します、この手は無力ですが、
この心は汚れない愛にあふれています。
ようこそ、アンジェの町へ、公爵。

（アーサーとオーストリア公爵は抱き合う）

フランス王　気高い少年だ、お前の味方をしない者があるだろうか？

オーストリア公　君の頬にこの熱いキスを、

こうして私の愛の契約書に捺印（なついん）する。契約はこうだ、
私は二度と故国に戻らない、アンジェが、そして
君のフランスにおける権利が、君を君主と仰ぐまでは。
それらと共に、あの顔面蒼白な白亜の岸壁が*——
その足は吠え猛（たけ）る海原（うなばら）の波を蹴散らし、
島人（しまびと）を他の国々から守っているのだが——
荒海に囲まれたイングランドが、
常に自信満々で外敵の侵入に対し守りを固める
あの水の壁を持つ砦（とりで）が、それどころか
西の果ての片隅までが、王である君に最敬礼するまでは。
それまでは、美しい少年よ、私は故国のことなど
思い浮かべもせず、ひたすら戦いを追い求める。

コンスタンス　ああ、母の感謝を、未亡人の感謝をお受けください、
あなたの力強いお手の助けでこの子に力がそなわり、
頂戴した愛をしのぐお返しができますますまで。

オーストリア公　神の平和は、このような正しく慈悲深い戦争に

* that white-faced shore イングランド南部の白亜層の海岸。中でもドーヴァーの岸壁が有名。

参加し剣を振りかざす者に与えられます。

フランス王　よし、では戦闘開始だ。我が軍の大砲の照準を、抵抗するこの町の眉間(みけん)に合わせろ。百戦錬磨の武将たちを招集し、攻撃にもっとも有利な場所を選ばせるのだ。たとえ我ら王侯貴族の骨を町の前にさらそうと、町の中央までフランス人が流した血の川を渡って行こうと、この町はこの少年に従わせてやる。

コンスタンス　どうか、お遣わしになった使節の返事をお待ちください。

無分別な行動によって、あなた方の剣を血でよごしてはなりません。

私たちがいま戦争で得ようとしている権利を、シャティヨン卿が、

平和のうちにイングランドから持ち帰るかもしれない。

そうなれば、熱くなって見境なく急いで無駄に血を流し、

その一滴一滴を悔やむことになりましょう。

シャティヨン登場。

フランス王　不思議議だ、奥方。ご覧なさい、あなたの望みどおり
余の使節のシャティヨンが戻った。
お前の報告を冷静に待っているぞ。シャティヨン、さあ。
イングランドは何と答えた、手短に言ってくれ。

シャティヨン　では、このつまらぬ包囲から軍を引き、
もっと重要な任務に当たるよう奮起させてください。
イングランド王は陛下の正当なご要求を我慢ならぬとしりぞけ、
ただちに武装をととのえました。私は逆風がおさまるのを待ち、
そのため時間を与えられた王は
私と同時に彼の軍を上陸させました。
この町を目指す進軍は迅速、
兵力は強大、兵士らは自信に満ちています。
王に同行するのは、彼を流血と紛争に駆り立てる
災い*の女神アテとも言うべき皇太后、

＊ Ate　ギリシャ神話のアテはゼウスの長女、母は争いの女神エリス。盲目的な愚行の女神。神と人間とを問わず、理性的な判断を狂わせ、道徳心と利己心との区別を失わせる。破滅への衝動の謂いでもある。

＊その孫娘スペインのブランシュ、
そして獅子心王の私生児でございます。
また、イングランド中の不平不満のやからが、
無分別で向こう見ずな志願兵となり、
髭も生え揃わぬ女のような顔に火を吹く竜の気性を秘め、
故郷にあった全財産を売り払って鎧兜(よろいかぶと)を買い、
いわば背中に相続財産を背負って鼻高々、
ここフランスで一山当てようという魂胆です。
要するに、いまイングランドの船が運んできた
兵士らよりも勇敢な不撓(ふとう)不屈の魂が、
これまでキリスト教国を脅(おびや)かし傷つけるために
迫(せ)り上がる大海原に浮かんだことはない。

（軍鼓の音）

あのやかましい太鼓に邪魔されて、
これ以上詳しいことは申せませんが、敵は間近です、
談判か、戦闘か、ご準備を。

フランス王　攻撃がこんなに迅速だとは予想もしなかった。

オーストリア公　予想もしなかっただけに、なお一層

＊ her niece, the Lady Blanche　エリナーの娘である同名のエリナーはカスティリア王アルフォンソ八世と結婚、her niece とあるが、ブランシュはその娘、従って正確には孫娘。当時は縁戚の女子を niece と呼んだ（cousin や nephew も同じ）。

防戦の意欲を掻き立てねばならん、
勇気が最も高まるのは危急存亡のときだからな。
やつらを歓迎しよう、準備はできている。

ファンファーレ。イングランド王ジョン、私生児、皇太后エリナー、ブランシュ、ペンブルック、ソールズベリー、イングランド軍登場。

王　フランスに平和あれ、もしフランスが平和のうちに、
父祖伝来の正当な権利によって余が自分の町に入城するのを認めるなら。
認めぬなら、フランスは血を流せ、平和は天に昇れ、
その間(かん)余は神の怒れる代理人として、神の平和を地上から
天へと追いやるフランスの傲慢と侮辱を罰してくれる。

フランス王　イングランドに平和あれ、もし軍隊が踵(きびす)を返して
フランスからイングランドへ戻り、そこで平和に生きるなら。
余はイングランドを愛し、真のイングランド王のために

甲冑をまとい、こうして汗を流している。
余のこの苦労は本来ならお前*がなすべき仕事だ。
だがお前にはイングランドへの愛など微塵(みじん)もなく、
それどころかその正当な王を傷つけ、
父から子へ連綿と受け継がれてきた流れを断ち切り、
幼い君主をおびやかし、王冠にそなわる
処女の純潔を陵辱(りょうじょく)した。
見ろ、これはお前の兄ジェフリーの顔だ、
この目、この眉は彼の顔から象(かたど)られた。
この小さな縮図には、亡きジェフリーという偉大な
原型が収められている。言い換えれば、やがてこの短い要約に
時の手が加わって成長し、分厚い書物になるだろう。
そのジェフリーはお前の兄だ。そしてこの子は
ジェフリーの息子、イングランドはジェフリーの正当な権利だった、
そしてこれはジェフリーの嫡男だ。神の御名(みな)において訊くが、
ならば何故お前は王と呼ばれている、

* This toil of ours should be a work of thine. フィリップは自分を指す一人称に「君主のwe（君主の複数）」を使い、ジョン王に対する二人称には丁寧なyou（your, you, yours）ではなく、目下の者や夫婦・恋人などごく親しい者同士で使われるthou（thy, thee, thine）を使っている。

お前は王冠を横領した、それを戴いて当然のこの子のこめかみに
生きた血が脈打っているというのに？
王　そのような条項を並べ立て、私の答えを引き出そうというのか、
そんな大きな権限を誰に託された、フランス王？
フランス王　天の裁判官たる神にだ、神の力によって
強大な権力者の胸中にある善意が目覚め、
正しい者が受けた傷や汚辱を見通すのだ。
その神が私をこの少年の保護者にした、
神の許可のもとに私はお前の不正を糾弾(きゅうだん)し、
神の助力を得てそれを正すつもりだ。
王　ああ、お前は権力を簒奪(さんだつ)している。
フランス王　簒奪する者を倒すためならそれも許される。
エリナー　お前は誰を簒奪者と呼んでいるのだ、フランス王？
コンスタンス　私が答えよう、簒奪者であるお前の息子をだ。
エリナー　黙れ、無礼者！　お前は私生児である息子を王にして、

自分は皇太后となって世界を支配する気か？

コンスタンス 私のベッドはお前の息子に忠実だった、お前のベッドがお前の夫に忠実だったように。この子の顔はこの子の父ジェフリーの顔にそっくりだ、お前とジョンのやり口が似ている以上に、そう、お前たちは雨と水のように、悪魔とその母親のように似ている。私の子が私生児？ とんでもない、私の魂にかけて、この子の父親ですらこの子ほど父の出自は明らかでない。明らかなはずがない、母親が母親だもの。

エリナー いいお母様ね、坊や、お前のお父様に汚名を着せるなんて。

コンスタンス いいおばあ様ね、坊や、お前に汚名を着せたがるなんて。

オーストリア公 静かに！

私生児 ——と呼ばわる法廷の小役人。*

オーストリア公 どこの悪魔だ、貴様？

私生児 あなたを芝居に引っ張り込み、またたく間に

* Hear the crier. 直訳すれば「廷吏の言葉を聞け」。裁判所の crier は法廷の静粛を促したり、原告や被告を呼び出したりする。

いまお召しの獅子の毛皮を剝ぎ取る役をつとめる悪魔です。
あなたは諺に出てくるウサギだ、ほら、臆病なウサギでも
死んだ獅子の髭を引っ張るくらいの勇気はあるってやつ。
あなたをとっ捕まえ、その獅子の毛皮をひん剝いて、
その体の皮膚をじかにぶっ叩く、用心しな、本気だからな。

ブランシュ　ああ、獅子からその衣を剝ぎ取った方には
その獅子皮の衣がよくお似合いだった。

私生児　あの男が羽織っても似合いますよ、
*偉大なヘラクレスの獅子の毛皮がロバに似合う程度には。
だがロバ君、そのお荷物は俺が背中からおろしてやる、
さもなきゃ両肩がひび割れるほどぶちのめしてやる。

オーストリア公　我々の鼓膜にひびが入るような
くだらん大法螺を吹きまくるのはどこのどいつだ？
フィリップ王、我々がどうすべきかただちにご指示を。

フランス王　女と馬鹿はこうだ、言い争いはやめろ。
ジョン王、私のお前への要求は要するに、
イングランド、アイルランド、アンジュー、トゥレーヌ、

* It lies as sightly on the back of him/ As great Alcides' shoes upon an ass. 直訳すれば「それ（獅子の毛皮）は彼の背中に見目よくかぶさっている／ちょうど偉大なヘラクレス（別名アルキデス＝Alcides）の靴がロバに乗っているように」。二つの諺ふうの言い回しがまぜこぜになっている。一つはA great Hercules' shoe will not fit a little child's foot.（偉大なヘラクレスの靴は小さな子供の足には合わない）、もう一つはAn ass in a lion's skin.（獅子の皮をかぶったロバ）。ヘラクレスの十二の難行の一つはネメアの谷の獅子退治。

メーヌをアーサーのものとすること。
速やかにそれらを引き渡し、武器を捨てるか？
王　むしろ命を捨てる。フランス王、俺の挑戦を受けろ。
ブルターニュのアーサー、私の手元へ来い、
そうすれば臆病者のフランス王が手を尽くしても
勝ち得ぬものを、愛を込めてお前にやる。
坊ず、言うことをきけ。
エリナー　お婆ちゃまのところへおいで、坊や。
コンスタンス　坊や、そうなさい、お婆ちゃまのところへ、坊や、
お婆ちゃまに王国をあげたら、お婆ちゃまはお返しに
スモモとサクランボとイチジクをくださるわ、
ほんとにいいお婆ちゃまね。
アーサー　ねえ、お母さま、静かにして。
僕はお墓の底深く埋まってしまいたい。
僕にはこんな騒ぎのもとになる価値はありません。
エリナー　かわいそうな坊や、母親を恥じて泣いている。
コンスタンス　母親がどうであれ、あなたこそ恥を知りなさい。

母の恥ではなく祖母のひどい仕打ちのせいで
あの可哀想な目から真珠の涙がこぼれている、
天はあの真珠を弁護料として受け取ってくれるだろう。
いえむしろ、あの水晶のビーズは天にとって賄賂となり、
この子には正義を、あなたには復讐をくだされます。

エリナー　お前は天と地を中傷する化け物だ。

コンスタンス　[*1]お前は天と地を害する化け物だ。
私は中傷などしない！　お前とお前の息子こそ、
この子を虐げ(しいた)、領土や王の権限やあまたの権利を
簒奪している。これはお前の最初の孫、
この子が不幸なのはひとえにお前のせいだ。
お前の罪が哀れなこの子に及んでいる、
[*2]お前の罪つくりな胎(はら)から二代しか
離れていないから、聖書に記された掟(おきて)どおりに
お前の受けるべき罰をこの子が受けているのだ。

王　[*3]気違い女、いい加減にしろ。

コンスタンス　言わなくては、これだけは、

＊1
Thou monstrous slanderer of heaven and earth. と言われたコンスタンスは、エリナーに対しても同じように、丁寧な you という二人称ではなく、目下かごく親しい者に対して使われる thou を使う。

＊2
旧約聖書「出エジプト記」第二十章第五節「わたしは主、あなたの神。わたしは熱情の神である。わたしを否む者には、父祖の罪を子孫に三代、四代までも問う」を踏まえている。

＊3
Bedlam 「ベドラム」は狂人の謂いだが、その語源はロンドンにあった英国最古の精神病院、正式名 the Hospital of St. Mary of Bethlehem。

この子は祖母の罪に苛(さいな)まれているだけではない、[*1]
神はあの女とその罪の子ジョンを、孫の
災いの元になさり、この子は祖母の代わりに苛まれ、
祖母と共に苛まれている。あの女の罪はこの子への危害、
あの女への危害はそのままあの女の罪を罰する鞭となり、
罰のすべてがこの子一身(いっしん)に降りかかっている、
すべてあの女のせいだ。あの女、疫病に祟(たた)られろ！

エリナー この浅はかなガナリ女め、私には
お前の息子の権利を剝奪できる遺書[*2]があるのだよ。

コンスタンス ええ、そうでしょうとも。遺書[*3]——いいえ、汚い
意志、
女の遺書[*4]、意趣返し、腐りきったおばあさんの遺書。

フランス王 およしなさい、やるならもっと冷静に、
このような聞き苦しい罵り合いを
煽(あお)るのは王たる私にふさわしくない。
ラッパを吹け、アンジェの市民を
城壁の上に呼び出せ。彼らの口から聞こうではないか、

＊1
この七行にはplague（疫病・災危、悩ませる・苛む）という語が名詞と動詞として五回、sin（罪）という語が四回使われている。当時ロンドンを度々襲ったペスト（plague）は罪への罰という考え方があった。

＊2
A will that bars the title of thy son. リチャード一世が死ぬ前に記した遺書。リチャードはジョンを王位継承者にした。

＊3
willという語が持ついくつかの意味で遊んでいる。「遺書・遺言状、意志・決意、性的欲望」など。

＊4
a woman's will 当時、女性には自分の土地・家屋の遺書作成は許されなかった。

どちらを君主と認めるか、アーサーか、ジョンか。

トランペットの音。城壁の上に*数名の市民登場。

市民　どなたです、私たちを城壁に呼び出したのは？
フランス王　フランス王だ、イングランド王の代理として――
王　イングランド王だ、イングランドの代表として。
アンジェの市民諸君、私を愛する臣下たちよ――
フランス王　愛にあふれたアンジェ市民諸君、アーサーの臣下たち、
余のラッパ手が呼び出したのは、穏やかに談判し――
王　余の利益を図るためだ、従ってまず余の言葉を聞け。
いま諸君の町の前に、諸君の眼前に
ひるがえるフランスの軍旗は、
諸君を害するためにここまで進んできた。
内臓（はらわた）いっぱいに怒りを詰め込んだ大砲は、
諸君の城壁めがけて鉄の忿怒（ふんぬ）を

また、このフレーズには「（他者の影響を受けて、圧力によって）書かされた遺書」という意味もあり、コンスタンスは強圧的なエリナーがリチャードに影響を与えて書かせた遺書だろうと暗に皮肉っている。

* Fでは城壁上に登場する「市民」は一人（a Citizen）だが、複数にしてあるモダン・テクストもある（そのうちの一人が英仏両王と交渉する）。また、この市民代表をヒューバートとする版もある（たとえばニュー・ペンギン版）。その理由は――イングランドの伝令登場以降の「市民（Citizen）」という頭書きは、Fでは *Hubert.* または *Hub.* となっているからだ。

発射しようと身構えている。
フランス軍による血なまぐさい包囲と
血も涙もない戦闘準備は、諸君の閉じた目とも言うべき
城門の前に立ちはだかっている。
余が軍を進めてこなければ、帯のように
諸君を囲む城壁の眠れる石積みは、
フランスの砲弾に突き動かされて
今ごろはもう崩れ落ち、そのあげく、
崩落でできた巨大な入り口から血に飢えた軍勢が
なだれ込み、諸君の平和を踏みにじっているだろう。
だが諸君の正当な王である余の姿がフランス軍の
目に入った。余は身を粉(こ)にして速(すみ)やかに進軍し、
危機に瀕した諸君の町の頬を救うべく、
諸君の城門の前に駆けつけたのだ、すると
どうだ、フランス軍は慌(あわ)てて談判を申し出てくださる。
そして今、連中は火に包まれた砲弾を放ち
城壁を熱病で震えあがらせるかわりに、

煙にくるんだ曖昧な言葉を発射して、
諸君の耳を欺こうとしている、
心優しい市民諸君、そんな言葉は信用せず
余を市内に入れてくれ。諸君の王は、この迅速な
作戦行動で精も根も尽き果て、
城壁内に安息所を求めているのだ。

フランス王　私が話し終えたら、我ら双方に答えてくれ。
見ろ、この右手にある手の持ち主を、（アーサーの手を取る）
私は彼の正当な権利を支持し、
保護すると神聖な誓いを立てた、ここに立つのは
若きプランタジネット、そこの男の兄の息子、
その男とその男が所持するすべてを支配する王だ。
余はこの蹂躙された権利回復のため
諸君の町の前まで軍を進め、いま緑の草原に立っている、
諸君に対しては敵意など微塵もなく、
この虐げられた少年を救おうという
キリスト者に必要な熱い思いに駆り立てられているに

すぎない。だから諸君が捧げて当然の忠義を、
それを受けて当然の方(かた)に、すなわち
この若い貴公子に進んで捧げてくれ。
そうすれば余の軍隊は口輪をはめられた熊も同然、
見かけは恐ろしいが何の危害も加えない。
我が軍の大砲の破壊力は徒(いたず)らに
手応えのない天の雲に向かい、
剣は刃こぼれせぬまま、兜は無傷のまま
我々は穏便(おんびん)に幸せな撤退を遂(と)げ、
諸君の町に攻め入って噴出させるはずだった
盛んな血気もそのまま故国に持ち帰り、
諸君と諸君の子や妻は平和の中に置いてゆく。
だがもしこの申し出を無視するという愚を犯すなら、
たとえ戦術に長(た)けたイングランド全軍が
無礼にもこの壁ぞいに円陣を組んで潜(ひそ)もうとも、
古ぼけたこの城壁では
戦争の使者である砲弾から諸君を守りきれない。

そこでさあ、返事をしろ、この方とその権利のために
要求してきたが、諸君の町は余を君主と呼ぶか？
それとも余の怒りに号令をかけ、
血の川を渡って余のものを手にいれるか？
市民　要するに私どもはイングランド王の臣民であり、
その王のため、王の権利のためにこの町を守っております。
王　ではその王を認め、私を市内に入れろ。
市民　それは出来ません。しかし王だと証明なされば、
その方に私どもの忠誠を証明します。それまでは
全世界に対しても我らの門は固く閉ざします。
王　イングランドの王冠が王の証明ではないか？
それでも駄目なら、証人を呼び出してみせる。
イングランド生まれの三万の精鋭が――
私生児　*私生児もひっくるめて。
王　命がけで余の王権を証明する。
フランス王　それと同数の生まれの良い勇士たちが――
私生児　やはり私生児も幾人か。

＊これと次の私生児の台詞を傍白とする現代テクストもある。オックスフォード版、ニュー・ケンブリッジ版など。Fでは傍白ではない。ペンギン版の注釈は、観客に向かって言われるとしている。

フランス王　彼の面前に立ち、その主張を否定する。

市民　どちらの権利が正しいか合意に達するまで、
私どもはその正しい方（かた）のために権利をお預かりいたします。

王　では余の王国の王を決める恐ろしい戦いにおいて、
夜露の降りる前に永遠の住処（すみか）である天国か地獄へ
飛び去るすべての魂の罪を、
神よ、赦したまえ。

フランス王　アーメン、アーメン！　騎乗しろ、勲爵士たち、武器を取れ！

私生児　竜を打ち負かし、それ以来居酒屋の絵看板で
馬にまたがってるイングランドの守護聖人聖ジョージ*よ、
剣さばきの一つも伝授してくれ！（オーストリア公に）おい、
ここがお前の住処の洞穴（ほらあな）でお前の雌獅子がいるなら、
その獅子皮に牡牛の頭をのっけて、お前を寝取られ亭主って
角つきの化け物にしてくれる。

オーストリア公　黙れ、やかましい。

私生児　ああ、震えてろ、獅子が吼えるのが聞こえたろう。

＊ Saint George　イングランドの守護聖人。古代ローマの軍人ゲオルギウス、紀元三〇三年のディオクレティアヌス帝による迫害で殉教。竜を退治して王女を救い、その国をキリスト教に改宗させたという伝説が生まれた。聖ジョージがイングランドの守護聖人になったのはリチャード一世が第三次十字軍に出陣した際。この後一二二二年にオックスフォードの教会会議で、この聖人の命日四月二十三日を祝日とすることが決定された。エリザベス朝のイングランドでは竜退治する聖ジョージの姿は宿屋を兼ねた居酒屋の絵看板によく見かけられた。

王　平原の高みを目指せ、そこで装備を整え
最良の布陣を展開するのだ。

私生児　では急いで有利な地点を押さえましょう。

フランス王　いいだろう。我が方はもう一つの丘に
予備軍を配備するよう命じろ。神と我が権利！*

（英仏両王はそれぞれの軍を率いて別々の方向に退場。市民は城壁の上に残る）

戦闘が繰り広げられたあと、フランスの伝令がラッパ手を伴って登場。

フランスの伝令　アンジェの市民よ、城門を大きく開き、
若きブルターニュ公爵アーサーを迎え入れろ。
アーサー公はフランス王の手を借りて、今日この日
多数のイングランドの母たちの涙と引き換えに大事業をなし、
その息子たちは血を流す大地に散乱している。
多くの寡婦たちの夫は突っ伏したまま

＊ God and our right! 十五世紀にヘンリー五世がイングランド国王の紋章のモットーとして採用した。紋章に記されているのは Dieu et mon droit というフランス語。ジョン王の時代に使うのはアナクロニズムだが、フランス王がこう言うのは、アーサーが正当なイングランド王だという主張の表れだろう。

血まみれの土を冷たい腕で抱きしめ、
一方損害わずかな勝利は、踊りはためく
フランスの軍旗とたわむれている、
勝ち誇りつつ展開したフランス軍の到来は間近、
征服者として入場し、ブルターニュ公アーサーを
諸君の王、イングランド王と宣言するためだ。

イングランドの伝令がラッパ手と共に登場。

イングランドの伝令 アンジェの市民よ、歓喜の鐘を打て。
諸君の王、イングランド王ジョン陛下は
本日の熾烈(しれつ)な熱戦の勝者として到来なさる。
出撃のとき銀色に輝いていた甲冑は、帰還のいま、
フランス兵の返り血を浴びて黄金(おうごん)に染まり、
どのイングランド兵の兜の羽根飾りも
フランス兵の槍に叩き落とされてはいない。
我が軍の軍旗は、出陣のときと同じ手で

高々と掲げられ戻ってくる。

血気盛んなイングランド兵はみな、
狩猟[*1]に出た陽気な男たちのように、殺害した
敵の血にひたした手を真紅に染めて凱旋する。
門を開けろ、勝利者を迎え入れるのだ。

市民[*2]　両軍の伝令どの、私どもは町の数カ所の塔から
戦いの一部始終を目撃し、両軍の出撃から退却まで
見届けましたが、まったく互角であり、
どんな良い目をもってしても勝敗の判断はつきかねます。
血は血をもって買い取り、打撃には打撃で応え、
力と力は拮抗(きっこう)し、兵力と兵力は激突。
両軍が甲乙つけがたいなら、私どもの立場も同じ――
どちらかが上だとの証明が必要です。五分五分であるうちは
この町は両軍のもの、どちらにもお渡しいたしません。

二人の王がそれぞれの軍を率いて別々に登場。

＊1
鹿狩りなどでは、殺した獲物の血に両手をひたすのは狩猟の仕来りだった。シーザー暗殺後にブルータスらが斃れたシーザーに対して同じようなことをするのもその流れ（ちくま文庫版『ジュリアス・シーザー』九八頁参照）。

＊2
Fではこれ以降の「市民」の台詞の頭書きは「ヒューバート」になっている。

王　フランス王、お前には無駄に流せる血がまだ残っているのか？
言え、余の権利が滔々と流れるにまかせようか？
その水流はお前の妨害を受けて苛だち、
本来の水路を棄てて両岸を越え、
お前の領土にあふれ出ようとしている、
お前が手を引けば、その銀色の流れは
大海原への平和な旅を続けられるのだ。
フランス王　イングランド王よ、今日の激戦でお前が
失った血がフランス軍の流した血より少ないと言うのか、
いや、むしろずっと多かった。大空の下、この大地を
支配する我が手にかけて誓う、
我が軍は正義の武器を置く前に、お前を
打ち倒す、そもそもお前を倒すために取った武器だからな、
さもなくば、ある王＊の名を死者の列に加え、
王という名につながる殺戮と共に
この戦争の損失を語る名簿に花を添えよう。

＊　フランス王自身のこと。ジョン王を倒さないなら自分が死ぬ、ということ。

私生児　なんと、王者の栄光とは天高く昇るものだなあ、
王の尊い血が燃え上がるとこうだ。
おお、いまこそ死神はその恐ろしい上顎（うわあご）を鋼で裏打ちし、
兵士の剣を歯や牙（きば）にする。
いま死神は王たちに解決不能な争いをさせ、
人間の肉を噛みちぎって宴を盛り上げている。
二人の王はなぜあんなぼうっとした顔で突っ立ってるんだ？
王たちよ、「皆殺しだ！」と叫び、血みどろの戦場に戻れ、
力は互角、根性は火の玉だろう！
一方が壊滅すれば、もう一方の平和が確立する。
それまでは打撃だ、流血だ、死だ！

王　市民諸君はどちらを迎え入れる？

フランス王　言え、イングランドに味方する市民たち、誰が諸君の王だ？

市民　イングランド王です、そうだと分かれば。

フランス王　ならば余が王だと分かるだろう、今ここにその権利を保持している――

王　余が王だ、今ここに余自身の偉大な代理として
余の所有するものを保持しているのだから、
余はみずからとアンジェと諸君の主（あるじ）だ。

市民　私どもより大きな力がそれを拒否します。
問題が解消するまで、私どもはこれまでどおり
不安を抱えたまま、城門を固く閉ざします。
正当な王が現れて、恐怖という王を追放し、粛清し、廃位する
まで、
私どもは不安に支配されるしかありません。

私生児　くそ、あの小汚（こぎた）ないアンジェの市民ども、あんた方
二人の王を馬鹿にしてやがる。自分らは胸壁って安全圏に立ち、
芝居小屋にでもいるつもりで、あんた方が一心不乱に演じる場
面や
死の大芝居をぽかんと口開けたり指差したりしながら眺めてん
だ。
両陛下とも俺の言う事をきいてもらおう。
*昔エルサレムで反目し合う二党派が、ローマ軍の包囲に

＊ the mutines of Jerusalem　紀元七〇年、イスラエルがタイタスに率いられたローマ軍に包囲されたとき、イスラエル内で反目し合う二派がローマ軍に対抗するため手を結んだこと。エリザベス朝のイングランドではよく知られた史実だった。

対抗するため結束したように和睦し、しばらく力を合わせて
この町に激烈な破壊の鉄槌(てっつい)をくだすんだ。
東と西に、フランス軍とイングランド軍がそれぞれ
筒先まで弾を詰め込んだ大砲を据え、
魂を震え上がらせる轟音(ごうおん)をあげて、
人を馬鹿にしたこの町の石の肋骨を打ち砕け。
俺ならこのメス駄馬なみのろくでなしどもに絶え間なく
弾をぶち込み、城壁が崩れ落ちた廃墟のなかに
空気同然の素っ裸にしてほったらかしとくぜ。
それが済んだら、両軍の連合を解き、
混じり合っていた軍旗をもとどおりに分けて、
正面切って向かい合い、剣の切っ先を交わし合えばいい、
そうすりゃあっと言う間に運命の女神は
どっちかの軍を選んでお気に入りの愛人にし、
そのしるしに赫々(かっかく)たる戦果をあげさせ、
輝かしい勝利の口づけをしてくれるだろう。
強大な両陛下、こういう荒療治はいかがです?

ちょっとした権謀術数じゃありませんか？

王　頭上の大空にかけて、大いに気に入った。フランス王、我ら両軍の兵力をない合わせ、アンジェを真っ平らに叩き潰したら、どちらがこの町の王になるか決着をつけるか？

私生児　（フランス王に）あんたに王の気概があるんなら、俺たちと同様あんたらもこの強情な町にいいように されたんだ、俺たちと同じようにあんたの大砲も筒先をこの小生意気な城壁に向けたらいい。そしてこの町をぺしゃんこに叩き潰したら、改めてお互いに戦いを挑み、しゃかりきでやり合ったらどうです、行先は天国か地獄かってね。

フランス王　そうしよう。そちらはどこから攻撃するね？

王　西からこの町の胸元に破壊を叩き込んでやる。

オーストリア公　私は北から。

フランス王　我が方は南から、落雷なみの砲弾の雨をこの町めがけて降らしてやる。

私生児 （傍白）おお、賢明な戦術だ！[*1] 北から南から！ オーストリアとフランスがお互いに相手の口に撃ち込むとは

——そうなるようにけしかけてやる。さあ、かかれ、かかれ！

市民 お聞きを、偉大な両陛下！ しばらくお待ちください、美しい顔をした同盟と平和とにいたる道をお教えします。戦闘も負傷もなしにこの町を勝ち取り、戦場の露と消えるためにここへ来た生きた兵士たちをベッドで死なせてやってください。このまま突き進むのはおやめになり、耳をお貸しください、強大な両陛下。

王 言ってみろ、許す、聞こうではないか。

市民 そこにおいでのスペイン王の姫ブランシュ様はイングランド王の姪御であられます。フランス皇太子ルイ殿下と[*2]その愛らしい姫君の年齢をお考えください。

＊1 O prudent discipline! 言うまでもなく、皮肉である。

＊2 史実では一二〇〇年時点でルイは十三歳。ブランシュは十二歳。

溌剌とした愛が美を求めるなら、
ブランシュ様より美しい方が見つかるでしょうか？
一途な愛が美徳を探すなら、
ブランシュ様より清らかな方が見つかるでしょうか？
野心的な愛が良縁を模索するなら、
ブランシュ様より高貴な血筋が見出せましょうか？
美しさ、美徳、生まれにおけるブランシュ姫のように
若い皇太子殿下もあらゆる点で完璧であられます。
完璧でないとすれば、皇太子が姫でないという点のみ、
翻って姫にも欠けたところは何もない、
姫が皇太子でないという一点を除けば。
殿下は恵まれた全き人間の半分であり、
あとは姫のような方による完成を待つばかり、
姫は姫で美しく優れておいでですがやはり完成半ば、
姫の完成が全うされるか否かは殿下の存在にかかっています。
ああ、これほどの銀の流れが合流すれば、
その川を挟む両岸に栄光を添えましょう。

そして一つになった二つの流れの両岸が、つまり
両陛下がお二人を結婚させれば、この王族お二人にとって
両王はその川の流れを左右する堤防におなりです。
この和合は、固く閉ざした私どもの城門に砲撃以上の
働きをするでしょう。なぜならこのご結婚に当たり、
爆破で無理にこじ開けるより遥かに速(すみ)やかに
私どもは町への入り口を大きく開(ひら)き、皆様を
お通ししますので。しかしこのご縁組が叶わぬなら、
私どもは猛り狂う海よりも聞く耳を持たず、
獅子よりも断固として、また山や岩よりも
頑として動かず、いやそれどころか死神も及ばぬ
必殺の怒りに駆られ、あくまでも
この町を守り抜きます。

(フランス王、皇太子ルイの父子が二人きりで相談する)

私生児　とんだ邪魔が入った、そのせいで
老いぼれの死神もがたがた震え、羽織った*ボロの下から
腐った肉がずり落ちる。まったく大した大口(おおぐち)だ、

＊中世の宗教画では、死神はぼろ布をまとった骸骨の姿で描かれている。

死神も山も、岩も海もペッと吐き出し、
十三の小娘が犬っころのことをしゃべるみたいに、
吠え猛る獅子がよく懐いてかわいいと言わんばかりだ。
どこの砲撃手があの意気軒昂な男の種付けをしたんだ？
あの口ぶりは大砲だ、火を吹き、煙を吐き、ズドーン、
あの舌は棍棒だ、ブンブン振り回すから
誰の耳だってぶちのめされる。あいつのひと言は
フランス王の拳固よりずっと堪える。
畜生、俺の弟の親父を初めてパパと呼んで以来
言葉でこんなにしたたか殴られたことがあったか。

エリナー　（王に傍白）息子よ、この話を聞き入れ、結婚させるのです。
姪にはたっぷり持参金をつけてやりなさい、
この縁が結ばれれば今は不安定なお前の権利を
しっかり王冠に結びつけられる、そうなれば
あの青二才に陽が当たって花ひらき、
ゆくゆく大きな実をつける見込みは消えてなくなる。

フランス王はこの話に応じそうな顔をしている、
ほら、声をひそめて話し合っているでしょう。向こうが
その気になっているうちに話を進めなさい。
今はとろけているフランス王のアーサーへの
熱意が、市民の柔らかな哀訴嘆願や憐みや同情の溜息を
吹きかけられ、また冷めて固まるといけないから。

市民　両陛下とも、危機に瀕したこの町の
友好的な提案になぜお答えにならないのです？

フランス王　イングランド王、先に答えろ、そっちが先に
この町に呼びかけたのだから。さあ、何と答える？

王　もしもフランス皇太子が、お前の王子が、
この美しい本の中に「われ愛す」の文字を読み取れるなら、
姪には王妃に等しい持参金をつけよう。
アンジュー、美しいトゥレーヌ、メーヌ、ポワチエ*など、
海のこちら側にあって余の王冠と威信にともなう
すべての所領を持たせる――目下我々が包囲している
この町は別だが――それらによって

＊ Poitiers　正しくは、西端がビスケー湾に面する広大な州ポワトゥー（Poitou）であるべき。アリエノール・ダキテーヌの所領。ポワチエはその首都。一〇頁でシャティヨンの言うポワチエについても同じ。

花嫁のベッドを黄金に飾り、姪を
身分、名誉、立身において富み栄えさせよう、
世界のどの王女にもひけを取らぬ
姪の美しさ、教養、血筋にふさわしく。
フランス王　お前はどうだ、息子よ？　あの貴婦人の顔を見ろ。
皇太子　見ています、父上、あの人の目の中に
奇跡が、驚くべき奇跡が生まれるのを見ています。
あの人の目の中に私の影が映っている、
父上の息子の影にすぎないのに、その姿はあの目の光のおかげで
太陽になり、あなたの息子を黒い影にしてしまう。
断言します、私はこれまで一度として自分を愛したことはない、
あの人のひいき目が私を捕らえてくれた今この時まで。
私生児　「*あの人のひいき目が私を捕らえてくれた！」
それから彼女の眉間(みけん)の皺で首をくくられた、
彼女の胸で八つ裂きにされ、
恋の謀反人だと自覚させられ、

* Drawn in the flattering table of her eye!/ Hanged in the frowning wrinkle of her brow,/ And quartered in her heart, he doth espy/ Himself love's traitor.　謀反人の処刑は、まず刑場まで「引かれて(drawn)」ゆき、絞首刑に処され(hanged)、生きながら八つ裂きにされた(quartered)。性器を切り取られたり、内臓を抜かれたりもし、最後に、切り落とされた首は槍の先に刺されて晒しものにされた。私生児がこの縁組に不満をぶちまけるのは、本作の材源の一つ『ジョン王の乱世』において私生児はエリナーからブランシュとの結婚を示唆されたことが理由だとされる。

残念至極、首をくくられ、八つ裂きにされたあんな下郎が
　あんな立派な姫のお相手になるとは。

ブランシュ　（皇太子に）この件では叔父の意志が私の意志です。
叔父がもしあなたに好ましいところがあると思うなら、
それが何であれ、叔父の好意的な思いを
そのまま私の気持ちに変えるのはたやすいこと。
いえ、もっとはっきり言ってよければ、殿下への叔父の好意を
私の愛にするのも難しくありません。
殿下の中にあるすべてが愛に値すると申し上げても、
お世辞を言っているわけではないのですが、
ただ、あなたの中のどこを探しても、
たとえあらさがし屋があなたの審判役だとしても、
嫌だと思える点は一つもありません。

王　若い二人の気持ちはどうだ？　私の姪はどうかな？

ブランシュ　叔父様がご賢慮のうえこうしろと仰せくだされば
いつもどおり敬意を込めてお言いつけに従います。

王　では、皇太子殿下はいかがかな、この女性を愛せるか？

皇太子　むしろ愛さずにいられるかとお訊きください、
　真心込めて愛しますから。
王　ではヴォルケッセン[*1]、トゥレーヌ、メーヌ、
　ポワチエ[*2]、アンジューの五州を
　姪と共に差し上げよう。それに加え
　イングランドの銀貨三万マルクを持たせる。
　フランス王フィリップ、それでよければ
　あなたの息子と娘に手を取り合うよう命じてくれ。
フランス王　大いに満足だ、さあ、若い二人、手を重ねろ。
　　　　（皇太子とブランシュは手を取り合う）
オーストリア公　それに唇も、私も婚約したときは
　確かにそうした。
フランス王　さあ、アンジェの市民よ、門を開き、
　諸君のおかげで和睦した我々を通してくれ、
　聖マリア教会の礼拝堂でただちに
　厳かに婚儀を執り行うのだ。
　コンスタンス様はここにいないのか？

＊1　Volquessen　今日ではルーアンを取り囲むVexin（ヴェクサン）と呼ばれる地域。
＊2　六一頁の注参照。

いないだろうな、いればこの縁組を結ばせまいと
邪魔立てしただろうから。

皇太子　夫人とその息子はどこだ、誰か知らないか?
陛下のテントで激しい悲しみに暮れています。

フランス王　誓って言うが、我々が結んだこの和睦が
あの人の悲しみを癒すことはないだろうな。
我が兄弟イングランド王、あの未亡人*に納得してもらうには
どうすればいい? 余は彼女の権利を守るために
来たのだが、神もご存じのとおり、おのれの利益のために
方向を変えてしまった。

王　万事丸くおさめてみせる、まず
若いアーサーをブルターニュ公爵と
リッチモンド伯爵に叙し、さらにこの美しく豊かな町の
領主にするのだ。コンスタンス夫人を呼べ。
早急に使者を立て、婚儀に参列するよう
彼女に命じてくれ。大丈夫だ、これで
彼女の望みをすべて叶えるのは無理だとしても、

＊史実のコンスタンスはこの時点で三度目の結婚をしている。

ある程度は満足させられるだろうし、
泣きわめくのを抑えられる。
さあ、みな揃って急ぎ町に入ろう、
この思いもよらぬ儀式の準備と列席のために。

（私生児を残し、一同退場）

私生児 狂った世界、狂った王たち、狂った妥協！
ジョンは、王国全部を寄越せというアーサーの要求を
阻(はば)むため、その一部を喜んで手放して退場した。
フランス王は、信念を守る甲冑(かっちゅう)をつけ、
熱意と慈悲に駆り立てられ、神の兵士として
この戦場に来たくせに、あの心変わりの仕掛け人、
あのずる賢い悪魔に耳打ちされてあのざまだ。
真心の脳天ぶっ壊すあのポン引き野郎、
あの誓言破りの常習犯、相手かまわず搾(しぼ)り取る悪魔め、
王も、乞食も、爺(じじ)いも、若い男も処女も見境いなしだ――
処女からは、処女って名前さえかすめ取る、
それしか失くすものはないのによ――

あのつるっとした紳士面の「私利私欲」ってごますり野郎。
「私利私欲」は世界ってボールの片側に差し込んだ錘(おもり)だ、
まん丸な世界は本来ならバランスがとれて
平らな地面のうえをまっすぐ転がっていくんだが、
このご都合主義の錘がつくと、コースが曲がっちまう、
この「私利私欲」ってやつは世界の動きの支配者で、
世界を真っ直ぐな道という道からはずれさせ、
あらゆる方向、目的、進路、目標から逸(そ)れて突っぱしらせる。
でもってこの錘は、この「私利私欲」ってやつは、
このやり手婆あ、この客引き、この何でも別物にしちまう言葉
は、
移り気なフランス王の目ん玉に飛び込み、
助け舟を出そうとの固い決意の向きを変えさせ、
確固たる名誉の戦争から逸(そ)れて
卑しい平和のために屈辱的な和睦を結んだ。
だがどうして俺は「私利私欲」に向かって毒づくんだ？
俺がまだやつに口説かれたことがないからだ。やつの美しい天*

* ...his fair angels　エリザベス朝の金貨。竜を退治する大天使ミカエルが刻印されていることから「エンジェル金貨」の名がついた。

使、
エンジェル金貨が俺の手の平(ひら)にキスしようとするとき、
手を固くにぎってそれを拒む力が俺にあるからじゃない、
俺の手がまだそういう誘惑を知らないので、哀れな
貧乏人が金持ちに噛み付くみたいに毒づいてるだけだ。
まあいい、貧乏人でいるうちは毒づきまくり、
金持ちみたいな罪作りはないと言ってやる。
そして金持ちになったら、美徳の面をかぶり、
貧困ほどの悪徳はないと言ってやる。
国王でさえ「私利私欲」のために約束を破るご時勢だ、
利得よ、俺の君主よ、俺が崇拝するのはお前だ。

（退場）

第三幕

第一場　フランス、フランス王のテント

＊コンスタンス、アーサー、ソールズベリー登場。

コンスタンス　行ってしまった？　結婚しに？　和睦の誓約を交わしに？
不実な血と不実な血が混ざり合う！　行ってしまった？　親戚になるために？
ルイがブランシュを手に入れ、ブランシュがあの領地を手に入れる？
ばかな、お前の言い間違いか聞き間違いです。

＊Fを踏襲してここからソールズベリーとアーサーの退場までを二幕一場の続き、または二幕二場にしてあるテクストもある。

よく考えてもう一度言い直しなさい。
そんなはずはない、お前がそうだと言っているだけ。
私は信じます、お前は信じられないと。だってお前の言葉は
並の人間の口から出た虚しい息にすぎないのだから。
お前を信じないという私の言葉を信じなさい。
それとは正反対のことを一国の王が誓ったのです。
お前には罰が当たりますよ、私をこんなに怖がらせて。
だって私は病気で不安に駆られやすいのだから。
私は酷い目に遭ってきた、だから不安で一杯です。
夫を亡くした女は不安に身を任すしかない。
女は生まれつき不安で怯えがちなもの。
お前が今のは冗談だと言っても、もうこんなに
動転しているのだもの、気を鎮めることはできない、
きっと一日中ふるえおののいているでしょう。
どういう意味です、そんなに首を振るのは？
どうして私の息子をそんなに悲しげに見るの？
どういう意味、胸に手を当てるのは？

どうして目にいっぱい嘆きの涙を溜めているの？
まるで今にも堤防を越えてあふれそうな川。
そういう悲しみのしるしはお前の言葉の裏書きですか？
ではもう一度言いなさい、全部でなくていい、
ひと言、今の話が真（まこと）かどうかだけを。

ソールズベリー　真です、お考えのとおり英仏両王が不実なのと
同じに、
私の言葉が真だという証拠を王たちからお受けでしょう。

コンスタンス　ああ、この悲しみを信じるよう私に教えるなら、
この悲しみに私の殺し方を教えなさい。
そして信じることと生きることを対決させなさい、
ちょうど死にものぐるいの二人の男が怒りに駆られて対決し、
剣を交わした途端に二人とも倒れて死ぬように。
ルイがブランシュと結婚？　ああ、坊や、お前はどうなるの？
フランス王がイングランド王と和解する？　私はどうなるの？
お前など行ってしまえ。顔も見たくない、
こんな知らせを持ってきたせいで醜い男になってしまった。

ソールズベリー 私がどんな害を加えましたか、奥方様、
私以外の人間が加えた害をお話ししただけでしょう?
コンスタンス その害自体があまりにも忌まわしくて、
そのことを話す者すべてを有害にしてしまう。
アーサー お願いです、母上、落ち着いて。
コンスタンス 私に落ち着けと言うお前がもし、ぞっとするほど
醜く、母の胎の恥さらしで、
不快なしみや目を背けたくなる痘痕だらけで、
足萎えの馬鹿で、背中の曲がった真っ黒な化け物で、
きたない黒子やおぞましいあざに覆われていれば、
私だって平気で落ち着いています。
そんなお前なら私は愛しません、そんなお前は高貴な
生まれらしくないし、王冠を戴く資格もないからです。
でもね、可愛い子、お前は美しい、生まれた時には
大自然と運命が力を合わせてお前を偉大な者にしてくれた。
お前は自然の女神からの贈り物を自慢していい、野のユリや*
咲き初めたバラと並んで。でも運命の女神は、ああ、

* …with lilies 原文ではただユリとあるのだが、新約聖書「マタイによる福音書」第六章第二十八節で、衣服のことを思い煩わないものの代表として「野のユリ(the lilies of the field)」を挙げている。

腐敗し、変節し、お前から離れてしまった、あの女神は
お前の叔父のジョンと絶えず密通し、
黄金の手を差しのべてフランス王を誘惑し、
尊重すべき公正な王権を踏みにじらせ、国王の権力を
ジョンと運命の女神の取り持ち役にしてしまった。
フランス王はジョンと運命のポン引きに成り下がった。
運命の女神は淫売、ジョンは簒奪者。
[*1]そこのお前、フランス王は誓約破りをしたのだね？
そんな王は言葉で毒殺なさい、それが嫌なら出てお行き、
私一人だけで耐えねばならぬ悲しみだけを
ここに残して。

ソールズベリー　お許しください、私は
奥方様をお連れせずに両陛下のもとへは行けないのです。

コンスタンス　行けます、行きなさい、私は行きません。
私は私の悲しみに誇り高くあれと教えます、嘆きは誇り高いもの、
嘆きをいだく者に身を屈めさせるのだから。（地面に坐り込む）[*2]

＊1
貴族（伯爵）であるソールズベリーに thou fellow と召使い相手のような呼びかけ方をしている。

＊2
このト書きはFにはないが、参照したすべての現代テクストでは入れてある。ただし、多くは「ここに私と悲しみは坐っています」の前か後に。本訳では「身をかがめます(For grief... makes his owner stoop.)」の後に入れるニューペンギン版を採った。

私と私の偉大な嘆きの前に二人の王を
来させなさい、私の嘆きはあまりにも偉大なので
それを支えられるのは巨大で堅固な大地だけだからです。
ここに私と悲しみは坐っています。
ここが私の玉座、ここに来て頭をさげろと王たちに言いなさい。
（ソールズベリーとアーサー退場）

ファンファーレ。ジョン王、フランスのフィリップ王、皇太子ルイ、ブランシュ、エリナー、私生児、オーストリア公登場。

フランス王（ブランシュに）そうとも、美しい娘、そしてこのめでたい日を
永遠にフランスの祭日にして祝うのだ。
この日を厳粛なものにするために、栄光の太陽は
大空の軌道で歩みを止めて錬金術師となり、
輝く貴い目を向けて卑しい土くれにすぎぬ大地を
まばゆい黄金に変えている。

年ごとに巡ってくるこの日を
聖なる祝日にしようではないか。

コンスタンス　聖なる祝日ではない、忌むべき厄日だ。
この日に何の価値がある？　この日が何をしてくれた？
暦には金文字で記される祭日が幾つもあるけれど、
その仲間入りするようないったい何をこの日がした？
いや、こんな日など一週間のなかから消してしまえ、
恥辱の日、圧政の日、誓い破りの日なのだから。
どうしても消さないなら、妊娠中の女には
この日に赤ん坊が生まれませんようにと祈らせろ、
さもないとせっかくの希望がふた目と見られぬ化け物になる。
この日以外なら船乗りは海難事故を恐れなくともよい、
この日に交わされた取引はすべて破談になるがいい。
この日に始めたことは、すべて失敗に終わるがいい、
そうとも、信義そのものも虚ろな偽りに変わってしまえ。

フランス王　天に誓って、奥方、今日のめでたい取り決めを
あなたが呪う理由はまったくない。

私は王の権威にかけて約束したではないか？

コンスタンス　あなたはまがいものの王の権威で
私を騙した。試金石で試してみればすぐに無価値な
いかさまだと分かります。この誓い破り、この誓い破り！
*あなたがここへ来たのは武装して腕に物言わせ私の敵の血を流すため、
それが今は敵と腕を組み、その血をあなたの血で増強するのですね。
戦争の荒々しく険しい顔と力強い腕力は冷め切って、
友愛ときれいに塗りたくった平和に変わり、
私たち親子を抑え込むことでこの同盟は結ばれた。
天よ、武器を、武器を取り、この誓い破りの王たちを倒してください！
未亡人が泣いています、主（しゅ）よ、私の夫になってください、
この無法な一日を平和のうちに終わらせず、日没前に
二人の誓い破りの王たちの間に戦争を起こしてください。
お聞きください、ああ、お聞きを！

* You came in arms to spill mine enemy's blood,/ But now in arms you strengthen it with yours.
「私の敵であるジョンらの血を流すはずだったのが、ブランシュとルイの結婚によってフランス王家とイングランド王家の血筋を合わせるのか」というのが主旨。コンスタンスはin armsというフレーズで遊び、嫌味を言っている。前者のin armsは「武装して（armsは武器・武具）」、後者は「腕（arm）と腕を組んで」「両家の家紋（coat of arms）を合わせて」。

オーストリア公　コンスタンス様、お静かに、せっかくの平和だ。[*1]

コンスタンス　戦争、戦争、平和は私にとっては戦争！
ああ、リモージュ[*2]、ああ、オーストリア、お前はリチャード一世の
血染めの分捕り品である獅子の毛皮を辱める下司下郎だ、
卑怯者だ、微々たる勇気、堂々たる悪意、
お前はいつも強いほうに味方して強がってみせる臆病者、
運命の女神のお気に入りの騎士、あの気まぐれな奥方が
そばに居て安全な場所を教えてくれなければ
決して戦おうとしない。お前も誓いを破り、
権力にへつらっている。何という馬鹿だろう、
獅子の真似をしてのし歩く馬鹿、私を支持すると大口を叩いて
誓ったくせに。この下賤な冷血漢、
雷のような大音声(だいおんじょう)で私の味方だと言わなかったか？
私の兵士だと言い、お前の星に、お前の運命に、
お前の力に頼れと私に命じなかったか？
そのお前が今になって私の敵方(てきがた)に転ぶのか？

＊1　原文では peace とひと言。オーストリア公は「静かに」という意味で peace と言ったのだが、コンスタンスはそれを故意に曲解し、「平和」と取る。

＊2　二九頁の注＊2参照。

そのお前が獅子の毛皮を纏（まと）うのか？　脱ぎなさい、恥知らず、
その臆病な手足には仔牛皮の阿呆の服でも羽織っていろ。

オーストリア公　ああ、俺に向かってこんな悪態をつくのが男だったなら。

私生児　その臆病な手足には仔牛皮の阿呆の服でも羽織ってろ。

オーストリア公　よくも言ったな、悪党、命はないぞ。

私生児　その臆病な手足には仔牛皮の阿呆の服でも羽織ってろ。

王　（私生児に）よせ、面白くもない、お前の立場を忘れるな。

[*1]パンダルフ登場。

フランス王　ローマ法王の全権大使がお見えだ。

パンダルフ　万歳、神の代理人として聖油を塗られた両王。
ジョン王よ、私の聖なる使命はお前に[*2]対するものである。
麗しきミラノの枢機卿である私、パンダルフは、
[*3]法王インノケンティウス三世の全権使節として来訪し、
法王の名において粛々（しゅくしゅく）と問いただす、

＊1　Pandulph　ローマ法王の使節。実際にローマからイングランドに遣わされた二名の使節（ルッカ生まれで一一八二年に枢機卿になったPunduphusと、ノーウィッチの司教になり一二一一年にジョン王により法王庁大使に任じられたPandulph）を融合させた人物。

＊2　パンダルフがジョン王とフィリップ王に対して使う二人称代名詞は丁寧なyou（your, you）ではなく、目下の者に対するthou（thy, thee）。

＊3　Pope Innocent　在位は一一九八年から一二一六年。この間に中世の法王権は絶頂に達したとされる。一二〇九年にジョン王を破門。

何ゆえお前は我らの聖なる母たる教会の厳命を
故意に足蹴にし、カンタベリー大司教に選出された
スティーヴン・ラングトン[*1]がその聖職に
就くことを力ずくで妨げるのか？
これを、聖なる父、法王インノケンティウスの
名において尋ねる。

王　地上に住むいったい誰が神聖な王を尋問し、
素直な答えを引き出せるというのだ？
枢機卿よ、法王などというあまりにも取るに足らぬ、
無価値で滑稽な名をひねり出し、その名において
答えよと余に命じても無駄だ。いま言ったとおりを
彼に伝え、さらにイングランド国王の言葉として
次のように言い添えろ、イタリアの司祭は誰であれ
余の領土内で教会の歳費を取り立てることはまかりならぬ。
余の領土内では余のみが神に次ぐ最高の首長であり、[*2]
従って、神に次ぐ者である余が統治するところでは、
余のみがいかなる人間の助力も得ずに

*1 Stephen Langton　一二〇七年、インノケンティウス三世によりカンタベリー大司教に推薦された。ジョン王はその選出結果を拒否する。

*2 we, under God, are supreme head　一五三四年にヘンリー八世が議会から与えられた称号、Supreme Head of the Church of England を踏まえている。

偉大にして最高の権威を保持する、
法王にそう告げろ、彼も彼が簒奪している
権威も無視してかまわん。

フランス王 兄弟たるイングランド王、それは神への冒瀆だ。

王 たとえあなたとキリスト教国の王という王が
馬鹿丸出しでこのお節介な坊主[*1]に引き回され、
金でどうにでもなる破門の脅(おど)しを恐れて[*2]
塵芥(ちりあくた)並みの卑しい黄金という功徳(くどく)を積み、
一介の人間から免罪符を買おうとも、そいつは免罪符を
乱売するうちに自分の分まで売りつくして地獄堕ちだ。
また、馬鹿丸出しで引き回されるあなた方が貢ぎ物を納め、
人を手玉に取る迷信を後生大事にしようとも、
私だけは、私ひとりだけはローマ法王に反旗を翻し、
法王の味方を私の敵とみなす。

パンダルフ では、私が所持する教会法の権限に則(のっと)り、
お前は呪われ、破門された者であると宣告する、
また、異端者への忠誠を翻す者には

＊1
this meddling priest ローマ法王のこと。
＊2
Dreading the curse that money may buy out. 直訳すれば「金をはらって免除してもらえる呪いを恐れて」だが、ここでの curse（呪い）の内容は excommunication（破門）である。

祝福を授け、
お前の憎むべき命を奪う者は
いかなる秘密の手段を用いようとも、
その功績を讃えられ、聖者の列に加えられ、
末長く崇拝されるであろう。

コンスタンス　ああ、しばらくローマ法王と口をそろえて
呪う権利を私にお与えください。
枢機卿さま、私の激しい呪いに同意なさり、アーメンと
唱えてください、私のように蹂躙（じゅうりん）された者以外に
この男を正しく呪う力は誰の口にもないからです。

パンダルフ　私の呪いは教会法が許す正当なものです。

コンスタンス　私の呪いもです。法律が正義を行えないなら、
法律は不正を防がないということを合法になさい。
法律は私の子供に王国を与えられません、
あの子の王国を握る者が法律を握っているからです。
法律そのものが完全な不正だというのに、
その法律が私の舌に呪うのを禁じろと言えますか？

パンダルフ　フランス王フィリップ、破門という呪いを恐れるなら、
そこの大異端者とは手を切りなさい[*1]、
彼がローマ法王に服従しないなら、
フランス軍を決起させ、彼の軍を倒しなさい。
エリナー　顔が真っ青だね、フランス王？　手を切ってはならぬ。
コンスタンス　用心おし、悪魔[*2]、フランス王が悔い改めて
手を切ったりすれば、地獄は魂をひとつ手に入れ損なう。
オーストリア公　フィリップ王、枢機卿の言葉をお聞きなさい。
私生児　そしてその卑怯な手足に仔牛皮の阿呆の服でも被せておけ。
オーストリア公　そうか、ごろつきめ、その侮辱は腹に納めて
ぐっとこらえる、なぜなら――
私生児　その土手っ腹[*3]にはなんでも納まるから。
王　フィリップ、枢機卿には何と答える？
コンスタンス　枢機卿の言うとおりにする以外、答えようがあるか？

＊1
フィリップとジョンはどこかの段階で実際に手をつないでいると思われる。
＊2
エリナーのこと。
＊3
Your breeches best may carry them. 直訳すれば「あなたのブリーチならそれら＝侮辱を納められるだろう」。オーストリア公は I must pocket up these wrongs. と言い、「我慢する、こらえる」という意味で pocket up というフレーズを使った。私生児はそこを捉え、ブリーチにはたくさんポケットがあることからこのように揚げ足を取っている。

皇太子　よくお考えなさい、父上、選ぶのは
ローマ法王の重い呪いの取得か、それとも
友人のイングランド王を失う軽い損失か。
捨てやすいほうをお捨てなさい。

ブランシュ　それならローマ法王の呪いです。

コンスタンス　ああ、ルイ、しっかりして、悪魔が
初々(ういうい)しい花嫁に化けて誘惑しているのだから。

ブランシュ　コンスタンス様がそうおっしゃるのは、
信義からではなく
いま陥っておられる苦境からです。

コンスタンス　フランス王の信義が死んで初めて生まれる
私の苦境を認めてくれるなら、
その苦境から必然的に導かれる原理がある、つまり、
フランス王の信義もまた私の苦境が死ねば蘇るということ。
ああ、私の苦境を踏みつぶせば、信義が立ち上がり、
私の苦境を立たせておけば、信義は踏みつぶされます。

王　フランス王は腹を立てたな、返事をしない。

コンスタンス　ああ、その王と手を切って、どうか色よいお返事を。

オーストリア公　そうなさい、フィリップ王、いつまでも迷っていないで。

私生児　お前さんはいつまでも仔牛皮の阿呆の服を羽織ってりゃいい。

フランス王　困った、どう答えたらいいか分からん。

パンダルフ　破門され、呪われるとなれば、
もっと困ったことしか答えられないだろう？

フランス王　尊い神父どの、あなたが私の立場なら
どう振る舞うか教えていただけないか？
この王の手と私の手は結ばれたばかり、
胸中の相寄る魂は結婚し同盟を交わし、
力強く信心深い神聖な誓いを立てたうえで
ひと組となり、つながったのだ。
つい先ほど言葉となって漏れた息が語ったのは、
二つの王国と二人の王自らが

深く誓った信義、平和、友愛、真の愛だ。
この休戦の直前まで、いやたった今まで、つまり
王直々に和睦交渉にあたり、握手のために
手を洗う暇があるかないかの時まで——
神もご存じのとおり、我々の手は虐殺の絵筆によって
汚され血まみれだった、その手のひらに「復讐」が
怒りに駆られた王たちの恐るべき敵対の図を描いていた——
その血を洗い清め、双方の強い愛によって
結び合わされたばかりの二人の手が握手をほどき、
心づくしの挨拶を振り捨てていいのか？　信義相手に
いかさまの賭けをしても、その結果神をあざむいても
いいのか？　我々自身を子供なみに気まぐれにし、
重ね合わせた掌を剝がし、
誓った信義を破り、平和が微笑みかわす
結婚のベッドに血の雨を降らす軍隊を送り込み、
真の「誠実」のおだやかな額を
戦場にしてもいいのか？　ああ、聖なる枢機卿、

尊き神父どの、そうならぬようにしてくれ。
慈悲をもって、何か穏やかな方策を考え出し、
指し示し、押し付けてくれ、そうすれば我々も
有り難くその意向を受け、友好関係を保てるだろう。
パンダルフ　すべての形は形無(かたな)しになり、秩序は無秩序になる、
イングランド王の愛に敵対せぬかぎり。
従って、武器を取れ！　我らの教会の戦士になれ、
さもなくば母たる教会に呪いの言葉を吐かせろ、
母の呪いを、母に背く息子に向かって。
フランス王よ、いま握っているその手を、
和睦を解かずに握り続けるなら、
毒蛇の舌をつかみ、生きた獅子の前足を捉え、
飢えた虎の牙を握るほうがよほど安全だ。
フランス王　手は放せても、誓約は破れない。
パンダルフ　そうやってお前は誓約を誓約の敵にする、
まるで内乱のように誓いと誓いを戦わせ、
舌と舌を戦わせる。ああ、まず神に向けて

立てたお前の誓いを、まず神に向けて実行するがよい。
即ち我らの教会の戦士になるのだ。
その後で誓ったことはお前のためにならぬ、
みずから実行するにはおよばない。
なぜなら為すと誓った過(あやま)ちも、正しく為せば
過ちにはならないからだ。また、
その行為が悪に向かうとき、それを為さずにいれば、
為さぬことによってこそ正義が為される。
意図とは違った道に踏み込んだときの上策は、
もう一度間違った道をたどることだ。進路を曲げることになるが、
かえってまっすぐ目的地に着ける。
欺瞞を欺瞞によって正すのだ、火を火によって鎮めるのだ、
火傷(やけど)をしたときに焼けた血管を温めて治すように。
人に誓いを守らせるのは信仰だ、だがお前は、
一旦誓ったことに反する誓いを立てることにより、
信仰に反する誓いを立てている、そして

誓言(せいごん)というものを、真の誓言に反する
おのれの真実の担保にしている。確信が持てぬことへの
誓約は、単に誓約破りはせぬという誓いに過ぎぬ。
でなければ誓いを立てることは何たる茶番だろう？
だがお前の立てた誓いは破らねばならぬものであり、
それを守ることはこのうえない誓約破りになる、
したがって、*最初の誓いに反するその後の誓いは
お前に対するお前自身の反逆なのだ。
このような愚かで当てにならぬ誘惑に敵対し、
堅実で気高い大義のために武装しろ、
それ以上輝かしい勝利はないのだから——
そうした善き戦いには我らも祈りという援軍を出す、
そちらが受けてくれればの話だが。だが祈りは要らぬなら、
破門という我らの呪いが降りかかると覚悟しろ、
その計り知れぬ重さを振り払うことはできず、お前は
黒い重圧に耐えきれぬまま絶望して死ぬしかない。

オーストリア公　反逆だ、紛れもない反逆だ。

＊言うまでもなく最初の誓いは神への誓い、その後の誓いはジョン王への誓い。

私生児　大人しくしていられないのか？
　仔牛皮の阿呆服をかぶせてもその口はふさげないのか？

皇太子　父上、武器を。

ブランシュ　あなたの婚礼の日に？
　結婚相手の血縁を敵に回して？
ああ、私たちの披露宴の来賓は虐殺された兵士ですか？
やかましく鳴り響く太鼓やけたたましいラッパ、
地獄のどよめきが私たちの華燭の典の音楽ですか？
ああ、私の夫、聞いてください！　私が「夫」という言葉を
口に出すのは初めてです。今にいたるまで
一度も口にしたことのないその名のためにも、
跪（ひざまず）いてお願いします、どうか私の叔父を相手に
武器を取るのはやめてください。

コンスタンス　（跪き）幾度も跪いて硬くなったこの膝をつき、
お願いします。徳高い皇太子殿下、神が
前もってお決めになった審判を変えないでください。

ブランシュ　今こそあなたの愛を見せてもらいましょう。

妻の名よりも強くあなたの心を動かすものがあるかしら?

コンスタンス お前を支えるお前の父を支えるもの、それは名誉。ああ、お前の名誉を、ルイ。お前の名誉を!

皇太子 解(げ)せません、陛下はあまりに冷淡ではありませんか、こんな重要事項があなたに決定を迫っているのに?

パンダルフ フランス王の頭上に破門の呪いを下しますぞ。

フランス王 その必要はない。イングランド王、あなたとは手を切る。(ジョンの手を放す)

コンスタンス これこそ正道、追放されていた王の尊厳が戻った。[*1]

エリナー これこそ邪道、フランス流の心変わりが暴れだした。

王 フランス王、この時間を後悔させてやる、一時間以内に。

私生児 時計係[*2]の時の翁(おきな)、あの禿頭の寺男[*3]の出番だな? ならばフランス王も悔やむほかない。

ブランシュ 太陽が血まみれです。晴れやかな日よ、さようなら。私はどちらに付くべきなのだろう? 私は両方についている。どちらの腕にも手があって両方の軍につながっている、だから両軍が激しく戦えば、

*1
前行でコンスタンスがO fair return of banished majesty. と言ったので、それと対句になるかのようにエリナーはO foul revolt of French inconstancy. と返している。

*2
Old Time the clock-setter, that bald sexton Time: 起源とするギリシャ神話のクロノスを額から頭頂にかけて禿げあがった老人。全てを薙ぎたおす大鎌を手にしている。

*3
「寺男」と訳したsextonは教会堂の管理人で、鐘を鳴らしたり墓を掘ったりするのが仕事。

私は引きずり回され、八つ裂きにされてしまう。
私の夫、私はあなたが勝つよう祈ることはできません、
叔父様、私はあなたが負けるよう祈らねばなりません、
お義父様、私はあなたの幸運を願うことはできません、
おばあ様、私はあなたの願いが叶うようにと願いはしません。
どちらが勝っても、私は勝った方で負けるのです。
勝負が始まる前に、私の負けは決まっている。

皇太子　姫、あなたの幸運は私と共に、私のところにある。

ブランシュ　私の幸運が生きるところで私の命は死ぬのです。

王　甥よ、我が方の軍を召集しろ。

（私生児退場）

フランス王、私はいま怒りで燃え上がり炎と化している、
この烈火の憤激を鎮められるのは血だけだ、
血だ、フランスで最も貴重な血で消すしかない。

フランス王　お前の憤激はお前自身を焼き尽くし、
当方の血がその火を消す前にお前は灰と化す。
用心しろ、お前は崖っぷちに立っているのだ。

王　脅しをかけるお前こそ用心しろ。さあ、戦闘準備だ！（一同退場）

第二場　アンジェ、イングランド陣営の近く

警報、戦闘。私生児がオーストリア公の首級(しゆきゆう)を持って登場。

私生児　なんという熱気だ、なんという熱戦だ。
悪魔*が旋風となって空を飛び回り、
災いの雨を降らせやがる。オーストリア公の首は
その辺に転がってろ。俺様はひと息つく。

王ジョン、アーサー、ヒューバート登場。

＊ Some airy devil hovers in the sky/ And pours down mischief. 雷鳴や稲妻は悪魔が空を飛び回って起こすと思われていた。ここでは mischief（いたずら、危害、など）がそれで、具体的には剣戟や大砲の砲撃音を指す。

王　ヒューバート、この子を頼む。リチャード、*
テントへ急いでくれ、母上が襲われ
捕らわれたかもしれない。

私生児　陛下、私がお助けしました。
皇太后様はご無事です、心配ご無用。
しかし陛下、前進です。あとひと汗かけば
この苦労の結果はめでたしめでたしだ。

（一同退場）

* 原文では、前行で「俺様」とした箇所もここもPhilipとなっている。私生児の名前は一幕一場で獅子心王の名を取ってRichardになった。本人とジョンがそのことを忘れたのか、シェイクスピアが忘れたのか。

第三場　前場に同じ

軍鼓やラッパなどによる警報、戦闘、退却など。王ジョン、エリナー、アーサー、私生児、ヒューバート、貴族たち登場。

王 （エリナーに）そうしましょう。母上はあとに残ってください、
警護は万全です――（アーサーに）甥よ、悲しい顔をするな、
おばあ様はお前が大好きだ、それに叔父さんも
お前のお父さんと同じようにお前を大事にするよ。

アーサー ああ、これを知ったらお母様は悲しみで死んでしまう。

王 （私生児に）甥よ、ひと足先にイングランドへ戻ってくれ、
大至急だ。
俺の帰国前に、貯蓄専門の坊主どもの金袋(かねぶくろ)を逆さに振って
監禁[*1]されていた天使たち、つまりエンジェル金貨を解放してこい。
平和のおかげで肥え太ったアバラ肉はいま
飢えた兵士らの餌食になるしかない。
余の全権を委任する、存分にやっていい。

私生児 破門[*2]の儀式の必需品、鐘と聖書とロウソクに脅されても
怯(ひる)みはしません、金貨銀貨がおいでおいでしてるんですから。
行って参ります、陛下。おばあ様、あなたの

＊1
Imprisoned angels set at liberty. アーデン3ではこの文を「余の全権を委任する……」の前に置いているが、Fのままの位置のほうが筋が通ると思うので、本訳ではFを踏襲する。

＊2
Bell, book and candle shall not drive me back... 正式な破門の儀式では、鐘を鳴らし、ろうそくを消し、聖書を閉じる。

ご無事を祈りましょう、僕のなかの
信仰心が目を覚ませばの話ですが。お手に口づけを。*

(私生児退場)

エリナー　さようなら、優しい身内。
王　リチャード、元気でな。
エリナー　こっちへおいで、坊や、ちょっとひと言。

(アーサーを脇へ連れてゆく)

王　ここへ来い、ヒューバート。ああ、優しいヒューバート、
お前には山ほど借りがある。この肉体という城壁の中の
魂は、お前をその債権者とみなし、
たっぷり利息をつけてお前の愛に報いるつもりだ。
そして、良き友よ、お前が捧げてくれた忠誠の誓いは
大切な宝としてこの胸に生きている。
さあ、握手だ。お前に言うことがあったのだが、
良い言い方を思いついたときにしよう。
神かけて、ヒューバート、俺がどんなにお前を高く
買っているか、それを口に出したら照れ臭くなるくらいだ。

* I kiss your hand. 別れを告げるときの型どおりの挨拶で、必ずしも「手にキスする」という動作は伴わなかったという。

ヒューバート　もったいないお言葉、痛み入ります。

王　良き友よ、お前にはまだ痛み入る理由はない、
だが、いずれそう言えるようにしてやる。時の歩みがどんなに
のろくとも、俺がお前に報いる時は必ず来る。
お前に言うことがあったのだが、ま、いいだろう。
太陽は天の高みにあり、この世の楽しみが至るところで
目につく昼日中(ひるひなか)だ、辺(あた)りがこんなに浮(うわ)ついて
これ見よがしの飾りだらけでは、じっくり話を
聞いてもらう気になれん。もしもいま真夜中の鐘が
鉄の舌と真鍮(しんちゅう)の口で時を作り
夜のまどろみをつんざくなら、
また、我々が立っているこの場所が墓地で
お前が無数の罪を背負っているなら、
あるいはもし、憂鬱というむっつりした精霊が
お前の血を焼きこごらせてどろりと濃くするなら、
そうでなければ血は体じゅうの血管を駆け巡り、
笑いという阿呆がくだらん冗談を言って

人の目を奪い、頰をひきつらせ、
俺の意図に反する気分を掻き立てるだろうが――
あるいはもし、お前が目の力なしで俺を見、
耳の力なしで俺の話を聞き、舌の力なしで
返事ができるなら、つまり目も耳も使わず、害を及ぼす
言葉も用いず、想像力だけで意思の疎通ができるなら、
それならば、真昼間（まっぴるま）が覆いかぶさるようにして見張っていても、
お前の胸に俺の思いを注（そそ）ぎ込むところだ。だが、
ああ、よしておこう、とにかく俺はお前を愛している、
お前も俺を愛していると信じている。

ヒューバート　もちろんです、陛下がお命じになることでしたら、
たとえ死が私の行為に付いてくるとしても、
神かけて実行します。

王　それはよく分かっている、
善良なヒューバートよ。ヒューバート、ヒューバート、あそこの
あの少年に目を向けろ。お前を友と見込んで言うが、

あいつは俺の行く手をさえぎる毒蛇だ、
この足をどちらに向けて踏み出そうが
必ず目の前にいる。分かるか?
お前はあいつの番人だ。*

ヒューバート しっかり番をします、
陛下の邪魔はさせません。

王 死だ。

ヒューバート はい。

王 墓だ。

ヒューバート 生かしてはおきません。

王 よし。
これで愉快な気分になれる。ヒューバート、お前を愛している。
うむ、お前のために何をしてやるか口には出さないが――
憶えておけ。母上、ご機嫌よう、
皇太后陛下を護衛する軍はすぐ寄越します。

エリナー 私の祝福をお前に。

王 (アーサーに) イングランドへ行くのだ、甥よ、

* Thou art his keeper. 旧約聖書「創世記」第四章第九節、アダムとエバ (イヴ) の長男カインが弟アベルを殺した後、主の「弟アベルはどこにいるか? (Where is Abel thy brother?)」という問いに対する答え「私は弟の番人ですか? (Am I my brother's keeper?)」を踏まえているとされる。

ヒューバートがお前の家来になって、誠心誠意
お前の世話をしてくれるぞ。さあ、カレーに向けて進軍だ！

（一同退場）

第四場　アンジェ、フランス軍の陣営

フランス王フィリップ、皇太子ルイ、パンダルフ、従者たち登場。

フランス王　すると、一丸（いちがん）*となって進んでいた全艦隊は
吠え猛る大海原の嵐に遭い、
散りぢりになってしまったのか？

パンダルフ　元気を出しなさい、いずれ万事うまく行く。

＊ Fでは A whole armada of convicted sail となっており、convicted は defeated（打ち負かされた）、doomed to destruction（破壊を運命づけられた）などと解釈されている。だが、フランス王がこの時点で自軍艦隊をこう形容する筋の通らなさから、convicted を convected（ラテン語の convectus から「一体となって運ぶ」）とする改訂があり、アーデン3とオックスフォード版はこの改訂を採っている。

フランス王　何がうまく行くだ、何もかもまずくなるのに？
わが方はやられたではないか？　アンジェは奪われたではないか？
アーサーは捕われ、大事な友人たちは殺されただろう？
残忍なイングランド王はイングランドに帰ったではないか、
全力を尽くしたフランス王の抵抗をものともせずに？

皇太子　彼は勝ち取った町の防備を固めました。
あれほど迅速にあれほど的確な判断をくだし、
あれほどの熱戦のさなか、あれほど冷静に
対処した例は他にありません。あれに類する行動を
読んだり聞いたりした者が一人でもいるでしょうか？

フランス王　我々が受けた恥辱に前例があれば
イングランド王へのそうした賞賛を我慢して聞けるのだが。

　コンスタンスが髪を乱して登場。*

見ろ、誰だあれは！　魂の墓場だ、

* *Enter Constance* [*, her hair disheveled*]. [ ] 内はアーデン3のみ。Fは*Enter Constance.* のみ。髪を下ろしたり振り乱したりするのは精神錯乱の表象、いわば「型」だったという。他のモダンテクストでも、ニューケンブリッジ版は「髪を下ろし（*with her hair down*）」、フォルジャー・ライブラリー版は「髪をまとめずに（*with her hair unbound*）」、RSC版は「髪を下ろし、錯乱して（*Distracted, with her hair down.*）」などとしている。

苦悩する命という醜悪な牢獄に
心ならずも永遠の魂を宿している。
奥方、私と一緒にここを発ちましょう。

コンスタンス　さあ、ご覧、これがあなたの和睦の結果だ。

フランス王　忍耐だ、奥方、落ち着いて、優しいコンスタンス。

コンスタンス　いいえ、どんな助言もどんな慰めも要りません、
あらゆる助言の息の根をとめる真の慰め、死は別だけれど。
死よ、死、ああ、やさしく愛らしい死よ、
お前はかぐわしい悪臭、健やかな腐敗、
お前は幸福にとって憎悪であり恐怖、
さあ、永遠に続く夜の寝椅子から起きておいで、
そうしたらお前のおぞましい骨にキスしてあげる、
そして額の下にぽっかり空いた二つの穴に私の目玉を入れてやる、
そしてお前の家族である蛆虫をこの指にからませよう、
そして穢(きたな)らしい塵芥(ちりあくた)で息の出入り口をふさいでしまおう、
そして腐れ肉を食らうお前そっくりな化け物になってやろう。

さあ、歯を剝いてごらん、そうしたら私はそれを微笑みだと思い、
妻としてお前に口づけしてあげる。不幸の愛人よ、
ああ、私のところへ来て！

フランス王　ああ、悩み苦しむ美しい方、お黙りなさい。

コンスタンス　いいえ、いいえ、黙りません、叫ぶ息があるかぎり。
ああ、私の舌が雷の口にあればいいのに！
そうすれば激しい嘆きで世界を震えあがらせ、
骸骨の姿をとった残酷な死神を眠りから叩き起こしてやる、
あいつには女のか細い声は聞こえない、
ありきたりの祈りなど歯牙(しが)にもかけないのだ。

パンダルフ　奥方、あなたの言うことは狂気の沙汰だ、悲しみではない。

コンスタンス　*そんなでたらめで私を貶(おとし)めて、それでも聖職者か？
私は狂ってはいない。かきむしっているこの髪は私の髪、

＊　ここでコンスタンスがパンダルフに対して使う二人称代名詞は、丁寧な you ではなく、相手を下に見るような thou である。

私の名はコンスタンス、私はジェフリーの妻だった、
幼いアーサーは私の息子、そしてあの子はもういない。
私は狂ってはいない。神よ、いっそ狂わせてほしい、
だってそうなればたぶん私は自分を忘れるだろうから。
ああ、自分を忘れられれば、どんな悲しみも忘れるだろう。
有り難いお説教でもして私を狂わせなさい、そうしたら
枢機卿、お前を聖者の列に加えてあげよう。
だって、狂いもせずに悲しみを痛いほど感じていれば、
私の理性はこの悲しみから私を自由にする
理由をでっちあげ、剣を突き立てるなり
首を吊るなりして自殺するすべを私に教えるだろう。
狂っていれば、息子のことも忘れるか、あるいは
ボロでできた人形を我が子と思い込むだろう。
私は狂ってはいない。痛いほど、痛いほど感じるのは
ひとつひとつの不幸にこもるそれぞれ異なった苦しみ。

フランス王　髪をまとめなさい。ああ、あの美しい
豊かな髪の中にどれほどの愛が見て取れることか！

銀のしずくが何かのはずみでそこに落ちると、
その一滴に一万本もの髪の毛が味方して集まり、
悲しみを分かち合っている、まるで
真の、離れがたい、忠実な恋人同士が
不幸のさなかにあってもひしと抱き合っているかのように。

コンスタンス　イングランドへ参ります、そうお望みなら。

フランス王　髪をまとめなさい。

コンスタンス　はい、そうします。でも、なぜ？
さっきこの髪をほどいたとき、私はこう叫んだ、
「ああ、この両手が私の髪を解き放つように、
私の息子を解き放てたらどんなにいいか！」
でもいまは解放された髪がねたましい、
だからまた縛ってやる、　　　　　　　　　　（髪をまとめる）
哀れな息子は捕われているのだから。
枢機卿様、あなた[*]はいつかおっしゃった、
天国へ行けば親しい者に再会し、すぐそれと分かると。
それが本当なら、私はまた息子に会えるだろう。

＊ここでは丁寧なyouを使っている。

なぜなら、人類の第一子カインの誕生から
昨日産声をあげたばかりの男の子にいたるまで、
あれほど清い美しさに恵まれた子はいなかったのだから。
でもいま私の蕾（つぼみ）は悲しみの虫に蝕まれ、
生まれながらの美しさはあの頬から追い払われ、
まるで亡霊のように痩せこけて、
熱病の発作に襲われた者のように見る影もなくなり、
そのまま死んでゆくだろう。そしてそのままの姿で昇天するなら、
天国の宮廷で再会できたとしても、私にはあの子だとは分からない。だから、もう二度と、二度と私の可愛らしいアーサーには会えないのだ。

パンダルフ　そのように悲しむのは罪深いことだ。

コンスタンス　それは子供を持ったことのない者の言い草。

フランス王　あなたはお子さんばかりか悲しみをもかわいがっている。

コンスタンス　居なくなった息子が居た場所を悲しみが埋めてい

る、
悲しみはあの子のベッドに入り、私と一緒に歩き回り、
あの子の可愛い顔立ちをし、あの子の言葉をくり返し、
あの子の恵まれた資質をすべて思い出させ、
あの子の抜け殻となった服をあの子の形にふくらませる。
だから、私が悲しみをかわいがって当然でしょう?
さようなら。あなたが私と同じように大切なものを失くしたら、
私はあなたよりもっと良い慰め方をしてあげる。
（髪を振りほどき）
頭の上をこんなふうにしておくのはもう止めよう、
頭の中がこんなに乱れているのだもの。
ああ、主よ！　私の坊や、私のアーサー、私の美しい息子、
私の命、私の歓び、私の糧（かて）、私の全世界、
夫のない私の慰め、私の悲しみの癒し！
（退場）

フランス王　捨て鉢になって何をするか分からない、あとを追おう。
（退場）

皇太子　この世にはもう私の喜びは何ひとつない。

人生は、眠気に襲われた者の鈍い耳を苛立たせる
聞き飽きた話のように味気ない、
苦い恥辱がこの世の甘美さを台無しにしてしまった、
残っているのは恥辱と苦味だけだ。

パンダルフ　重い病気が治りかけるとき、
健康な状態に戻るその瞬間に
最も激しい発作が起きるものだ。立ち去ろうとする害悪も、
最も大きな害悪を示すのは立ち去る瞬間だ。
今日の敗北であなたは何を失ったのだ？

皇太子　この先の栄光と歓びと幸福の日々のすべてを。

パンダルフ　あなたが勝利を収めていれば、確かにそうなってい
ただろう。
いや、いや、運命の女神は人間に対して最善をなそうとすると
き、
まず恐ろしい目で睨みつけるのだ。
思えば不思議だ、ジョン王は大勝利を収めた気でいるが、
その実大変な損失を被っているのだから。あなたは

アーサーがあの男に捕らえられたのを嘆いているのだな？

皇太子　あの子を捕らえた彼の歓びに匹敵するほど深く悲しんでいます。

パンダルフ　あなたの精神はあなたの血と同じくまだまだ若い。
さて、私が予言者のつもりで話すから、まあ聞きなさい。
私が話そうとすることは、その息の勢いで
塵芥（ちりあくた）から藁しべ一本に至るまでどんな小さな邪魔物をも
吹き飛ばし、*お前の足をイングランドの王座へとまっすぐ
導く道をきれいに整えるはずだ。だからよく聞け。
ジョンはアーサーを捕らえたが、あの少年の血管に
温かい命が脈々と流れているかぎり、
王位簒奪者（さんだつしゃ）のジョンは一時間、一分、いやひと息
つく間の安らぎも得られないだろう。
不当な手でかすめ取った王笏（おうしゃく）を維持するには
それを得たときと同じく暴力に訴えざるを得ない。
また、滑りやすい場所に立つ者は
身を支えるために手段の良し悪しなど問題にしない。

＊パンダルフが皇太子に対して使う二人称代名詞は一貫して丁寧な you だが、ここだけは thou。

ジョンが立つためにはアーサーは倒れねばならないのだ。
アーメン、そうしかなり得ない。

皇太子　しかし、アーサーが倒れることによって私は何を得るのです？

パンダルフ　そうなれば、奥方ブランシュ様の権利によって、
あなたはアーサーが主張した権利すべてを主張できる。

皇太子　そしてアーサーのように権利も命も失う。

パンダルフ　老いてずる賢いこの世で、あなたは何と青く初(うぶ)なのだ！
ジョンの策略はあなたのためになり、時勢はあなたに味方する、
正統な者を倒してその血におのれの安全を浸す者は、
血まみれの不正な安全しか見出せない。
*発想も実行も邪悪きわまるこの行為は、全国民の心胆を寒からしめ、
彼らの熱い忠誠心を凍りつかせ、そのため
彼の支配を阻止できるような機会が顔を出せば、それが
ごく小さなものであっても、国民は熱烈に支持するだろう。

* This act so evilly born　ジョンによるアーサーの殺害のこと。

大自然が夜空に吐き出す彗星も、
自然界の様々な現象も、荒れ模様の日も、
普段の風も、ありきたりの出来事も、
人々は自然がもたらす原因から切り離し、
やれ不吉な流星だ、凶事の前触れだ、
やれ異常事態だ、予兆だ、天の声だなどと言い、
ジョンに天罰を下したまえと祈るだろう。

皇太子　ことによると彼は幼いアーサーの命には手をつけず、
牢につないでおけば我が身は安全だと思うかもしれない。

パンダルフ　ああ、殿下、あなたが進軍してくると聞けば、
幼いアーサーがまだこの世にいるとしても、
彼はその知らせと同時にあの子を殺す。すると
全国民の心は彼に背を向け、
あなたがもたらす未知の変革に口づけし、
ジョンの血まみれの指先から
反逆と忿怒(ふんぬ)の膿(うみ)をしぼり出すだろう。
私には、その動乱がもう始まっているような気がする。

ああ、私がいま言ったこと以上にあなたに
有利な状況が生まれる日が来るだろうか？　あの私生児
フォークンブリッジはいまイングランドで教会を略奪し、
キリスト教の慈悲を冒瀆している。ほんの一ダースの
フランス人が武装してそこへ行けば、それが囮（おとり）となって
一万のイングランド人が味方につく――
小さな雪の球が、転がっているうちに
大きな山になるように。ああ、皇太子殿下、
ご一緒に王のところへ。イングランド国民の魂は
ジョンへの敵意であふれんばかりだ、
その不平不満から何が出てくるか、見ものだぞ。
行きなさい、イングランドへ！　王の説得は任せてくれ。

皇太子　動かしがたい理屈は、*説明しがたい行動を取らせる。行きましょう。
あなたがうんと言えば、王もいやとは言わないだろう。

（二人退場）

＊ Strong reasons makes strange actions. パンダルフの説得（strong reasons＝強固な理由）に押し切られてイングランド侵攻（strange actions＝奇妙な、虚を衝く作戦）に出ようとする自分を揶揄する発言と解釈した。

第四幕

第一場　イングランド。城内の一室。

ヒューバートと、鉄梃(かなてこ)[*1]とロープを持った死刑執行人二、三名[*2]登場。

ヒューバート　その鉄を真っ赤に焼いておけ、そうしたら
あの壁掛けの後ろに隠れてろ。俺が床(ゆか)を
踏み鳴らしたら飛び出してきて
俺が連れている子供を椅子に
縛り付けるんだ。用心しろ。行け、よく見てろ。

死刑執行人　その令状にそう指示してあるんでしょうね。

＊1
Fには道具の指定はない。アーデン3はただ with a rope and irons としている。目をえぐるのが目的なので鉄串か鉄梃だろう。BBCテレビ版では、音叉のように二股になった道具が使われている。両目をいちどきに突くための専用なのだろうか。

＊2
執行人の人数はFでは明記していないが、『ジョン王の乱世』では「三人の男」となっている。

ヒューバート　疚（やま）しさは捨てろ！　心配するな、気をつけろよ。

坊ちゃん、こっちへどうぞ、お話があります。

（死刑執行人たちは壁掛けの裏に隠れる）

アーサー登場。

アーサー　おはよう、ヒューバート。

ヒューバート　おはようございます、小さな王子。

アーサー　確かに僕は王子のくせに小さい、もっと大きな地位につく権利があるのに。暗い顔をしているね。

ヒューバート　もっと明るい顔をしてたこともありましたが。

アーサー　ああ、神様！

暗い気持ちになってるのは僕だけだって気がする。

でも覚えてるよ、僕がフランスにいたとき

若い紳士たちは夜みたいに暗い顔をしていた、

そうやって格好つけてたんだ。誓って言うけど、

もし牢屋から出て羊飼いになれたら、一日中

明るい気持ちでいられるだろうな。ううん、ここに居ても
明るくなれるよ、叔父様が何か企んで、僕をもっと
痛めつけようとしてるんじゃないかって心配がなければ。
叔父様は僕を怖がってるし、僕は叔父様が怖い。
僕はジェフリーの息子だけど、それは僕がいけないの？
違うよね、ああ、僕、あなたの息子ならよかったのに、
そうしたら僕を愛してくれるよね、ヒューバート。

ヒューバート　（傍白）この子と話していると、この無邪気なお
喋りで、
俺の慈悲の心がよみがえる、とうの昔に死んだのによ。
だからとっとと片付けよう。

アーサー　具合が悪いの、ヒューバート？　今日は顔が蒼いよ。
本当はね、ちょっと具合が悪いほうがいいんだ、
そうしたら僕、一晩中そばに坐って見ててあげられるでしょう。
愛してるよ、あなたが僕を愛してるよりずっと。

ヒューバート　（傍白）この子の言葉は俺の胸に突き刺さる――
（令状を見せ）これをお読みなさい、アーサー様。（傍白）どう

した、馬鹿な涙、
無慈悲な拷問を外へ押し流す気か？
手っ取り早くしないと、堅い決意が
やわで女々しい涙になって目からこぼれる――
これが読めないんですか？　きれいにはっきり書いてあるでしょう？

アーサー　きれいすぎるよ、ヒューバート、汚いことが書いてあるのに。
真っ赤に焼いた鉄で、どうしても僕の両目をえぐり出すんだね。

ヒューバート　はい、どうしても、坊ちゃん。

アーサー　ほんとにやるつもり？

ヒューバート　そのつもりです。

アーサー　それでも人の心があるの？　ヒューバートが頭痛のとき
僕はハンカチできつく鉢巻してあげたよね、あれは
ある姫君が僕のために刺繍してくれたいちばん上等の
ハンカチだったけど、僕は返してとも言わなかった、

真夜中にはこの手で頭を抱きかかえ、
一分一分が寝ずの番をしながら時を刻むように、
あなたが苦しがっている間じゅう「何か欲しい?」とか、
「どこが痛む?」とか「何かしてあげられることが
あるかな?」としょっちゅう声をかけて元気づけた。
あの時刻だと、たいていの貧乏人の子はぐっすり眠り込んで、
愛のこもった優しい言葉なんかかけないだろうに、
あなたは王子に看病させたんだよ。
そうか、あなたは僕の愛を計算したずる賢い
愛だと思うかもしれない。そう思いたければ
思っていいよ。僕をひどい目に遭わせるのが神のみ心なら、
しょうがない。僕の目をえぐり出すんだね——
僕のこの目は、これまでもこの先も、あなたを
にらむことさえ決して、決してしないのに。

ヒューバート　やると誓ったんです、
真っ赤に焼いた鉄で目を焼いてえぐり出さねばなりません。

アーサー　ああ、そんなことをするのはこの鉄の時代だけだ![*]

＊…this iron age　ギリシャ・ローマ神話で語られる時代区分の一つで、オウィディウス作『変身物語』の巻一「四つの時代」で言及されている。「黄金の時代(the golden age)」が最初に生じ、(略)刑罰も恐怖もなかったし、(略)兜も剣もなかった。(略)ひとびとは、ひとりでにできる食べ物に満足して、(略)常春の季節がつづく」、その後、一年に四つの季節のある「銀の時代」になり、三番目に「銅の時代」が来る。「最後は、固い鉄の時代だ。いっそう質の劣ったこの時代に、たちまちあらゆる悪行が押し寄せ」たという(引用は中村善也訳)。

鉄そのものは、いくら真っ赤に焼かれていても
この目に近づけば、僕の涙を飲むだろうし、
烈火のような怒りさえ
僕のけがれない涙で消えるだろう。
ううん、それどころかそのあとで、僕の目を傷つける火が
こもっていたせいで、錆びて崩れてしまうだろう。
あなたの心はハンマーで鍛えた鉄より硬いの？
天使がここにやってきて、
ヒューバートが僕の目をえぐり出すと言っても、
僕は信じない――ヒューバートが
自分でそう言えば信じるけど。

ヒューバート　（床を踏み鳴らし）出てこい！

死刑執行人たちがロープと焼いた鉄を持って登場。

命じたとおりにしろ。

アーサー　ああ、助けて、ヒューバート、助けて！　僕の目は

この残酷な人たちの恐ろしい顔を見るだけでつぶれてしまう。

ヒューバート　おい、鉄梃をよこせ、この椅子に縛りつけろ。

（鉄梃を受け取る。執行人たちはアーサーをつかまえる）

アーサー　ああ、どうしてそんな乱暴しなきゃならないの？　暴れないよ僕は、石みたいにじっとしてるよ。後生だから、ヒューバート、僕を縛りつけないで！　ねえ、聞いて、ヒューバート！　この人たちを追い払って、そうしたら仔羊みたいに大人しく坐ってるから。身動き一つしない、ぴくっともしない、ものも言わない、怒った目で鉄をにらみもしない。この人たちを外に出して、そうしたらあなたが僕をどんなに苦しめても許すから。

ヒューバート　あっちへ行け、この子は俺に任せろ。

死刑執行人　ありがたい、こんなことしないですむ。

（死刑執行人たち退場）

アーサー　ああ、僕は味方に出て行けと言っちゃったのか！　あの人、顔は怖いけど、心は優しいんだ。

ねえ、呼び戻して、そうしたらあの人の優しさが
あなたの優しさを生き返らせるかもしれない。

ヒューバート　さあ、坊や、覚悟なさい。

アーサー　他にどうしようもないの？

ヒューバート　ありません、目をつぶす他には。

アーサー　ああ、いまあなたの目にほこりか
砂つぶか、塵(ちり)か、ブヨか、抜け毛かが
飛び込んで、ものが見えなくなったらいいのに。
そうしたらごく小さなものでも目にとっては暴力だと思えて、
自分がしようとしていることが恐ろしくなるだろう。

ヒューバート　*さっきの約束はどうしました？　いいから黙りなさい。

アーサー　ヒューバート、二つの目を助けてもらうには
二枚の舌でしゃべっても足りないくらいだよ。
僕を黙らせないで！　黙らせないで、ヒューバート！
さもなきゃ、ヒューバート、僕の舌を切ってもいい、
目を残してくれるなら。ああ、僕の目は助けて、

＊　前頁で「ものも言わない」と言ったこと。

何の役にも立たなくても、いつもあなたを見ていられるように。
ほら、その鉄の道具はもう冷たくなってるよ、
　僕を痛めつけたくないんだ。

ヒューバート　また焼いて熱くできます。

アーサー　ううん、できない。火は人を慰め喜ばすために
生み出されたのに、間違って酷いことに使われるのが
悲しいんだ、それで死んじゃったんだから。だって、
見てごらん、ここで燃えている石炭に悪意はない、
恵み深い天の息がそういう熱気を吹き消して、
悔い改めたしるしの灰を石炭の頭にかぶせてる。

ヒューバート　でも私の息で蘇らせてみせます。

アーサー　蘇らせたとしても、火を赤面させるだけさ、
あなたの仕業が恥ずかしくて赤くなるんだよ、ヒューバート。
ううん、あなたの目に火花を飛びこませるかもしれない、
そして、むりやり喧嘩させられる犬みたいに
けしかける主人に嚙みつくかもしれない。
僕を虐待するためにあなたが使うものはみんな、

そんな仕事は嫌だと言うよ。あなただけだ、無慈悲なのは、
無慈悲な目的に使われることでよく知られてる
恐ろしい火や鉄でさえ、慈悲の心を持ってるのに。

ヒューバート　では、見る力を失くさず生きてお行きなさい。私は
*君の目には触れもしない、君の叔父さんが持っている財宝ぜんぶと引き換えでも。
もっとも、私はこの焼いた鉄梃（かなてこ）であなたの目を
えぐり出すと誓いを立て、実行するつもりだったのですが。

アーサー　ああ、やっと元どおりのヒューバートになった。
これまでは別の人に化けてたんだね。

ヒューバート　静かに、もう何も言わないで。さようなら、
叔父様にはあなたが死んだと思わせねばなりません。
犬畜生なみのあのスパイどもには嘘の情報を摑ませます、
かわいい坊や、安心してゆっくりやすむんだよ、
ヒューバートは世界中の富をやると言われても
君に危害は加えないからね。

* I will not touch thine eye... ヒューバートがアーサーに対して使う二人称代名詞はここまでは丁寧で相手とのあいだに距離を置くyou (your, you, yours) だったのだが、ここからは親しみを込めたthou (thy, thee, thine) に変わる。

アーサー　ああ、神よ！　ありがとう、ヒューバート。

ヒューバート　さあ、もう黙って。そうっと奥へ、私と一緒に。
私は危ない橋をわたることになるな、君のために。（二人退場）

第二場　イングランドの王宮

ファンファーレ。王ジョン、ペンブルック、ソールズベリー、貴族たち、従者たち登場。

王　（玉座に坐り）こうして*余は再び玉座につき、再び王冠を戴いた、
さぞ嬉々とした目を向けられ、仰ぎ見られていることだろう。

ペンブルック　その「再び」は、陛下のお言葉でなければ、

＊ジョン王の二度目の戴冠式はホリンシェッドによれば一二〇二年四月十四日。カンタベリーの大聖堂において当時のカンタベリー大司教ヒューバート・ド・バーグの司式によって戴冠した。関連年表にも記したように、実はこれに先立つ一二〇〇年十月八日、ウェストミンスター・アビーにおいて新王妃イザベラの戴冠式が行われ、ジョンも同時に戴冠した。厳密に言えばこれが二度目の戴冠式であり、この場で言及される一二〇二年のは三度目。戴冠式を複数回行うのは中世ではそれほど稀なことではなかった（ヘンリー二世、リチャード一世、ヘンリー三世はそれぞれ二回行った）。だが、エリザベス朝の人々には奇

異に思われたようだ。

余計なひと言でした。陛下は以前すでに戴冠なさっており、
以来国王たる高い地位は一度として奪われてはおりません、
国民の忠誠心も一度として反乱の汚(よご)れに染まったことはなく、
変化や改善を望む声が湧き起こり、新たなものへの期待が
この国土を乱したこともありません。

ソールズベリー　ですから、戴冠式を二度も行い、
すでに立派だったご称号をさらに飾ることは、
純金に金メッキをほどこし、ユリの花に絵の具を塗り、
スミレに香水を振りかけ、氷に鉋(かんな)をかけて
滑りやすくし、虹の七色に
ひと色を加え、天の目たる美しい太陽に
ろうそくの明かりを添えて飾るようなもの、
無駄で滑稽なやりすぎです。

ペンブルック　御意の実行は必須でしたが、実は
この二度目のご戴冠は古い話の二番煎じに等しい、
特にこのたびは、よからぬ時期に強行なさったので
よけい厄介です。

ソールズベリー　こうなりますと、過去の素朴な慣習にそなわる
　昔ながらの馴染み深い顔かたちが歪んでしまい、
　たとえてみれば帆に当たる風の向きが変わるように、
　この二度目のご戴冠は人々の考え方の進路を急旋回させ、
　思慮分別をおびやかし、
　健全な意見を病み衰えさせ、真実に疑念をいだかせます、
　それもこれもいわば今風(いまふう)の衣装をお召しになったからです。
ペンブルック　良いものを作る職人がより良いものを作ろうと頑
張る、
　すると欲を出したせいでせっかくの腕を台無しにしてしまう。
　そのうえ、往々にして失敗の言い訳をし、
　かえってその失敗をひどいものにしてしまう。
　ごく小さな破れ目につぎを当てるようなものです、
　失敗という破れを隠蔽することで、つぎを当てる前よりも
　みっともなさが目立つのですから。
ソールズベリー　新たな戴冠式の前に、私どもは
　そのような趣旨のご忠告を致しましたが、陛下はそれを

封じられ、私どもはみな進んで御意に従いました、
私どもの願いは何もかも、陛下の御意から
一歩たりとも出ることはございませんので。

王　戴冠式を二度行った理由のいくつかは
すでに諸君に伝えてあり、それだけでも十分だと思うが、
十二分な理由を、私の危惧*が弱まりしだい
諸君に知らせるつもりだ。それまではとりあえず、
諸君が改革すべきだと思う不都合な点を聞かせてくれ、
私がどれほど進んで諸君の要求に耳を傾け、それらを
叶えるつもりかよく分かってもらえるだろう。

ペンブルック　では私がここなる一同の舌となり、
全員の心が目指すことを申し上げます、
これは私自身と一同のためでもありますが、何よりも
陛下のご安泰のため、そのためにこそ一同こぞって
最善の努力をしております、その私どもが心から願いますのは
アーサーの釈放でございます。あの方を拘束しておけば
不平不満のつぶやきが次第に高まり、

＊「私の危惧（my fear）」とはアーサーが生きていて王位を脅していること。

やがて危険な論議が湧き起こるでしょう。つまり、
陛下が安んじてお持ちのものが、正当な権利によるものならば、
不正と共に歩むと言われる危惧の念を
なぜいだかれるのか、なぜそれが陛下を動かし
まだ幼いお身内を幽閉し、日々学問から遠ざけて
無知蒙昧の状態で息詰まらせ、彼の若さに見合った
心身を鍛える教育や訓練の機会を与えないのか、と。
アーサーへのこのような処置が現政権の敵どもに
批判の口実を与えぬよう、私どもにアーサーの釈放を
願いでろとお命じください、それが私どもの願いでございます、
アーサーの釈放は、私どものためにお願いしているのではなく、
陛下を頼みの綱とする私どもの安寧が
陛下のご安寧だと考えるからでございます。

王　よいようにしろ。幼いあの子の監督は
あなたに任せる。

ヒューバート登場。

ヒューバート、何かあったか？
（ヒューバートは玉座まで行き、王に何ごとか傍白）

ペンブルック　（ソールズベリーと貴族たちに）あれは残忍な悪事
を任された男だ、
やつは私の友人に王の令状を見せた、
悪辣（あくらつ）でおぞましい罪の姿が
あの目にありありと現れ、あのこそこそした表情は
胸の中で荒れ狂う気分を物語っている。
どうやら私の懸念が当たったらしい、やつは
我々が恐れたことを命令どおりやったようだ。

ソールズベリー　王の顔色は赤くなったり青くなったり、
果たした目的と良心のあいだを行き来して、
まるで恐ろしい二つの軍勢のあいだを往復する伝令だな。
王の激しい感情は膿（う）んで腫（は）れ上がり破れるしかない。

ペンブルック　で、破れた傷口から噴き出すのは
愛らしい幼な子の死という汚（きたな）らしい膿（うみ）だ。

王　死神の強力な手を抑えることは出来ん。
貴族諸卿、皆の願いを叶えたいという私の気持ちは生きている
が、
肝心の願いそのものが無くなり死んでしまった。
この男によればアーサーは昨夜死亡したそうだ。

ソールズベリー　いやまことに心配しておりました、完治（かんち）不能な
ご病気だろうと。

ペンブルック　いやまことに聞き及んでおりました、あのお子は
ご自分が病気だとお感じになる前にご臨終間近だと。
この報いはかならずある、この世かあの世かで。

王　諸君はなぜ私にむかって眉をひそめる？
私が運命*の女神のハサミを持っていると思うのか？
私が人の寿命を好きなところで断ち切れるのか？

ソールズベリー　これは明らかに汚い手口だ、恥だ、
偉大な地位にある者がこれほどたちの悪いことをするとは。
あなたも同じような目に遭えばいい、失礼します。

ペンブルック　待て、ソールズベリー卿、私も行く、

＊ Think you I bear the sheath of destiny?「運命の女神のハサミ（the sheath of destiny）」とは、ギリシャ神話の運命の三女神（モイライ）の一人、アトロポスが持っているハサミのこと。この三姉妹は、「紡ぐもの」という意味のクロト、「長さを測るもの」ラケシス、そして「不可避なもの」アトロポスである。

あのかわいそうな子供の遺産を探すとしよう、
むりやり放り込まれた墓という小さな王国を。
この島国全域を所有していた血すじの方が、いまは
たった三フィートの土地しか持っていない。悪い世の中だ——
このままじっと耐えるわけには行かん、この悲報は四方に伝わり
我々すべてに悲しみをもたらすだろう、しかも遠からず。

（ペンブルック、ソールズベリー、その他の貴族たち退場）

王　怒りを燃え上がらせているな。ああ、悔やまれる。
流血の上に築いた土台は不安定だ、
誰かの死によって得た命は不確かだ。

使者登場。

怯(おび)えた目をしているな。あの血色のよさはどこへ行った、
この前会った時はその頬にあったが？　そんなに
汚く濁った空は、ひと荒れこなければ晴れそうもない。

さあ、暴風雨を起こせ。フランス全土はどう動いている？

使者 全土がフランスからイングランドへ動いています、
あれほどの大軍が海外遠征のために一国内で
召集されたことは一度としてありません。彼らは
陛下[*1]の迅速なフランス侵攻を手本として学んだのです、
その証拠に、大軍が召集されたとご報告するいま、
全軍が上陸したとお知らせせねばなりません。

王 ああ、味方のスパイどもはどこで飲んだくれていた？
どこで眠りこけていた？ 母上の注意力はどうした、
フランスでそれほどの大軍が集められたのに
それが耳に入らないのか？

使者 陛下、そのお耳は
土でふさがっております。ご母堂様[*2]は
四月一日にお亡くなりになったそうです、陛下、
コンスタンス様もその三日前に
狂い死になさったとか――ただしこれは私が
小耳に挟んだ噂にすぎず、真偽のほどは分かりません。

＊1
二幕一場のシャティヨンによる報告参照（三三頁）。

＊2
これは史実どおり。皇太后エリナーは一二〇四年四月一日に死去、享年八十二歳。コンスタンスは史実ではその三年前、一二〇一年九月五日に死去。息子アルチュール（アーサー）の死より前。

王 恐るべき有為転変よ、めまぐるしい動きを抑えてくれ！
ああ、俺と同盟を結んでくれ、不満たらたらの貴族たちの
機嫌が直るまで。え？ 母上が死んだ？
ならば俺のフランス領有は泥沼同然だ。
お前に言わせれば間違いなく我が国に上陸した
そのフランスの大軍の指揮をとるのは誰だ？

使者 フランスの皇太子です。

王 そんな不吉な知らせをもってきやがって、
貴様のせいでめまいがしてきた。

私生児とポンフレット*のピーター登場。

さてと！ 世間では何と言っている、
お前のやり口を？ 俺の頭にこれ以上
いやな知らせを詰め込もうとするな、もう満杯だ。

私生児 しかし最悪の知らせを聞くのを恐れていると、
聞かないうちに最悪の事態が頭に落ちてくる、それでいいんで

* Peter of Pomfret ポンフレットはPontefract（ポンテフラクト、南西ヨークシャーの古都）、エリザベス朝にはポンフレットと言われていた。リチャード二世が幽閉された。ホリンシェッドには「一二一三年ヨークあたりに住むピーターという名の隠遁者」が予言をしたとある。

すね。

王　許してくれ、甥よ、悪い報せの高波をかぶり
うろたえていたのだ、だがもう元どおり息がつける、
波の上に出たからな、どんな話でも
聞くことができる、さあ何でも言ってみろ。

私生児　私が坊主ども相手にどれほどうまく
立ち回ったかは、集めた金の額に語らせましょう。
しかしここまでの旅のあいだに気づいたのですが、
民衆は奇妙な空想に取り憑かれ、
流言飛語（りゅうげんひご）に踊らされ、たわいもない夢想にふけり、
何を恐れているかも分からず闇雲に恐れをいだいている。
ここにいるのは予言者で、私がポンフレットの
街路から連れてきました。私が見かけたときこの男は
ぞろぞろ付いてくる何百人という群衆に向かって
歌っていました、実に無礼なことをがさつな声で、
今度のキリスト昇天日*の昼までに
陛下が王冠をお譲りになるという内容です。

＊ Ascension Day　聖木曜日 (Holy Thursday)。イースター（キリストの復活を記念する祝祭日、春分後の最初の満月後の日曜日）の四十日後。

王　馬鹿な夢に耽(ふけ)りやがって、なぜそんなことを？
ピーター　そのような真実が現れると予知しまして。
王　ヒューバート、こいつを引っ立てろ、牢にぶち込め。
そして、俺が王冠を引き渡すとこいつが言っている
その日の正午に絞首刑に処すのだ。
しっかり拘禁したら戻ってこい。
他にも用がある。

（ヒューバート、ピーターを連れて退場）

ああ、優しい甥よ、
もう聞いているな、誰が上陸したか？
私生児　フランス軍ですね、陛下。どこもその噂で持ちきりです。
それに、ビゴット*卿とソールズベリー卿に会ったのですが、
二人とも焚きつけたばかりの火のように目を真っ赤にし、
他の者たちと一緒になって、アーサーの墓を探しに行く
ところでした、彼らによればアーサーは昨夜
陛下のご指示によって殺されたとか。
王　優しい身内、お前も行け、

＊　ロジャー・ビゴット（Roger Bigot）、第二代ノーフォーク伯爵。

彼らと行動を共にしてくれ。
彼らの愛を取り戻す方法を思いついた、
皆をここへ連れてこい。

私生児 必ず捜し出します。

王 いや、急いでくれ、一歩でも速く。
ああ、臣下を敵に回すのはごめんだ、
外敵が恐ろしいまでの威容を誇り決然と攻め寄せ、
わが町々を脅かしているというのに。
伝令の神マーキュリーとなり、踵に翼をつけ
人の思いのように素早く彼らのもとから戻ってこい。

私生児 非常事態ですので一気呵成に。（退場）

王 *さすがは血気盛んな貴族だ。
（使者に）あとを追え、私と貴族たちとのあいだを
行き来する使者が必要になるかもしれん、
お前がその役を務めろ。

使者 かしこまりました。（退場）

王 母上が死んだ！

* Spoke like a sprightful noble gentleman. 前行で私生児は The spirit of the time shall teach me speed. と言う。その spirit（非常事態なので一気呵成に）を sprightful（血気盛んな）にかけた言葉遊び。

ヒューバート登場。

ヒューバート　陛下、昨晩月が五つ見えたそうです、*
そのうち四つは動かず、五つ目は他の四つのまわりを
異様な動きを見せながらぐるぐる回ったとか。

王　月が五つ？

ヒューバート　その現象を種（たね）に爺さん婆さんたちは町なかで、
何か危険なことが起こると予言めいたことを言っています。
誰も彼も幼いアーサーの死を話題にし、
そのたびに頭（かぶり）を振り、
声をひそめて耳打ちし合う。
話す者は聞く者の手首をきつく握り、
聞く者は眉をひそめて恐ろしげな仕草をし、
うなずいたりギョロっと目を剝いたり。
私が見かけたある鍛冶屋は、こんなふうに金槌（かなづち）を持って立ち、
鉄床（かなとこ）の上で鉄が冷えてもほったらかしで

＊『ジョン王の乱世』では舞台に現れ、王も見る。

口をポカンと開けて仕立て屋の話を聞いていました。
その仕立て屋はハサミと物差しを手にし、
慌てたために左右を取りちがえたスリッパを履き、
何千もの武勇に長けたフランス兵が
*ケントに上陸し、陣を整えたと言っていました。
するとまた別の痩せてむさ苦しい職人が割って入り、
アーサーの死の話をします。

王　なぜお前はそういう不安を俺に吹き込もうとする？
なぜお前は繰り返しアーサーの死を持ち出す？
お前の手があの子を殺した。俺にはあいつの死を願う
強力な理由があった、だがお前に殺す理由はなかった。

ヒューバート　なかったですと！　やれと仰せだったじゃないですか。

王　これが王が受ける祟りなのだ、王の気まぐれを
令状だと思い込み、人命を奪うという暴挙に出る、
そんな奴隷どもにかしずかれるのは何かの祟りだ。
そういう連中は、権威ある者が目配せのひとつもすれば

* Kent　イングランドの最南東部の州、フランス（カレー）に最も近い地域。史実では、フランス皇太子に率いられた軍がこの州のサンドウィッチに上陸したのは一二一六年。

それを法律だと解釈し、怒れる王の心情を
推しはかったりする、王が渋い顔をしたのは恐らく
熟慮の末というよりは一時（いっとき）の不機嫌にすぎんのに。

ヒューバート　私の行為を認可するご署名とご印璽（いんじ）がここに。

王　ああ、天と地の間で最後の総決算*が
なされるとき、この署名と印璽が証拠となって
余は地獄に堕ちねばならんのか！
人間、悪事を行う道具が目に入ると、悪事を
したくなるものだ！　あのときお前がそばに居なければ、
大自然の手で恥ずべき行為をするよう印をつけられ、
指定され、特徴づけられたお前さえいなければ、
この殺人のことは俺の心に浮かばなかっただろう。
だが、ぞっとするようなお前の顔に気づき、
こいつならどんな血なまぐさい悪事だろうが、
危険などものともせずにやってのけると思い、
俺はアーサーの死のことをお前に漏らしてしまった。
するとお前は、王に気に入られたい一心で、

* the last account 'twixt heaven and earth　最後の審判 (the Last Judgement, the Day of Judgement) のこと。

良心の咎めもなしに一国の王子を殺害した。

ヒューバート　陛下――

王　俺の意図をそれとなくほのめかしたとき、
お前がもし頭を振るか、ためらうか、
あるいはもっとはっきり言ってくれと言わんばかりに
疑惑の目を俺の顔に向けていれば、
俺は深く恥じ入って黙りこみ、計画を放棄しただろう。
お前の危惧が俺のなかにも危惧の念を生んだかもしれない。
ところがお前は俺のそぶりを勝手に解釈し、
お前もまたそぶりで罪と話をつけ、
そうだ、時を移さずお前の心に同意させ、
結果として、二人とも口に出すこともできぬほど
悪質な行為をその残酷な手にさせたのだ。
失せろ、お前の顔など二度と見たくない！
貴族たちは俺を見捨て、俺の国家は
城門前まで押し寄せた外国の軍勢に脅かされている。
それどころか、自分の肉体の中でさえ、

　血と息をかかえるこの小王国の中でさえ、
　敵意と内乱が我がもの顔でのさばっている、
　俺の良心が俺の甥の死と戦っているのだ。
ヒューバート　陛下は他の敵と戦うために武装して下さい、
　陛下の魂と陛下ご自身との和睦は私が引き受けます。
　幼いアーサーは生きています。私のこの手は
　まだ穢れを知らぬ処女の手、
　真紅（しんく）の血のしみに染まってはおらず、
　この胸には、人を殺そうなどという
　恐ろしい衝動が入り込んだことはただの一度もありません、
　陛下は私の顔かたちゆえに性格を悪しざまに
　言われましたが、外見がいかに醜悪であれ、それは
　あくまで上辺（うわべ）、中にはきれいな心が包まれ、
　罪のない子供を惨殺することなど出来ないのです。
王　アーサーは生きている？　ああ、急いで貴族たちの
　ところへ行き、この知らせを彼らの烈火のごとき怒りに
　投げかけてこい、そうすれば彼らも大人しく従順になる。

さっきは怒りまかせにお前の顔かたちをけなしたが
許してくれ、怒りに目がくらんでいた、
この目にまだ起きてもいない血なまぐさい殺人が映ったので、
お前が実際よりもおぞましく思えたのだ。
ああ、返事はいい、それより俺の部屋に
怒り心頭の貴族たちを大至急つれてきてくれ。
こうやって急かす言葉さえもどかしい。さあ、走れ！

（二人退場）

第三場　イングランド。城壁の前

アーサーが城壁の上に登場。

アーサー　この壁、高いな。でも飛び降りてやる。
優しい大地よ、僕をかわいそうに思って怪我をさせないで！
ここ[*1]には僕を知ってる者はほとんど、いや、一人もいない、いたとしても、
こうやって少年水夫[*2]の格好してれば分からないだろう。
怖いな、でも思い切ってやらなきゃ。
飛び降りて、手足が折れてなければ
ありとあらゆる方法を見つけて逃げ延びてやる。
ここにいて死ぬくらいなら、逃げて死ぬほうがいい。
（飛び降りる）
ああ、この石畳には叔父様の心が乗り移ってるんだ。
天よ、僕の魂をお取りください、イングランドよ、僕の骨を。
（死ぬ）

ペンブルック、ソールズベリー、ビゴット登場。

ソールズベリー　諸卿、私はセント[*3]・エドマンズベリーで彼に会

＊1　一一八七年にブルターニュの都市ナントで生まれたアーサーは、ずっとフランスで養育された。

＊2　ship-boy's semblance　シェイクスピアはこの場をロンドン塔に設定していると思われる。テムズ川沿いなので少年水夫の格好には違和感がないだろう。

＊3　Saint Edmundsbury　イングランド中西部の州サフォークにある町、一二一四年に貴族たちが集結した。彼らは翌一二一五年六月、ジョン王にマグナ・カルタを提出する。ベリー・セント・エドマンズ（Bury Saint Edmunds）に同じ。

う。
　我々の安全のためだ、危険な時代が差し出してくれた
　この高貴な申し出[*1]を抱きしめ歓迎すべきだ。

ペンブルック　誰だ、枢機卿[*2]からの手紙を持ってきたのは？

ソールズベリー　フランスの貴族、メルーン伯爵[*3]だ、
　彼と内密に話したところ、皇太子の我々への友愛は
　手紙に書いてあるよりずっと大きい。

ビゴット　ならば明日の朝、皇太子に会おう。

ソールズベリー　いや、ならば明日出発しよう、だろう。
　セント・エドマンズベリーまでは馬で二日の長旅だからな。

　　私生児登場。

私生児　いいところで会った、今日は二度目だな、不機嫌な諸卿。
　王は俺を通して仰せだ、ただちに参上するように。

ソールズベリー　王は我々を追い出したのだ。
　我々には、王の薄っぺらなしみだらけの外套を

＊1　史実では、イングランド貴族のほうからフランス皇太子ルイに同盟を申し入れた。

＊2　パンダルフのこと。

＊3　Count Melun（Fでの綴りは Meloone)。

我々の清らかな名誉で裏打ちする気はない、それに歩くたびに血の痕を残すような足について行く気もない。戻って王にそう言え。我々は最悪のことを知ったのだ。

私生児　どう考えようと勝手だが、口を慎むのが最善だと思うがな。

ソールズベリー　いま問題なのは我々の義憤であって、礼儀作法ではない。

私生児　だがあんた方の義憤など問題にもならん、いまは礼儀作法を守るのが大問題だ。

ペンブルック　おい、おい、腹が立ったら傍若無人（ぼうじゃくぶじん）、無作法も許される。

私生児　その通り。腹を立てた自分に当たるのはいい、他人に当たっちゃいかん。

ソールズベリー　ここが監獄だ。（アーサーの死体を見つける）倒れている、誰だ？

ペンブルック　ああ、死よ、清らかで高貴な美しさを引き寄せ得意満面だな！

大地にもこの悪事を隠す穴はなかったのか。

ソールズベリー　殺人行為も、おのれの所業を憎悪し、それを人目にさらして復讐を迫っているのだ。

ビゴット　あるいは、この美しいものを墓に追い込もうとしたとき、墓に埋めるにはあまりに気高いと思ったのだ。

ソールズベリー　サー・リチャード、どう思う？　あなたも見たな。いま目の当たりにしていることを、これまで読んだり聞いたりしたことがあるか、あるいはこうして見ていながら本当に見ていると思えるか？　これを目撃せずに、これに類する光景を

思い浮かべられるか？　これこそ「殺人」の家紋の図柄の頂点、
家紋の最も高い位置に印される
冠の上の冠たるものだ。これこそ最も残忍な破廉恥、
最も狂気じみた蛮行、最も悪辣な一撃、
目を剝く忿怒も凝視する怒りも

これほど柔らかな悔恨の涙をしぼらせたことはない。

ペンブルック　過去のすべての殺人はこのおかげで許される、
唯一無二にして比べものがないため、
いまだ生まれぬ時代の虐殺に
神聖さと清らかさを与える、そして
この忌まわしい光景に比べれば
凶悪きわまる流血もただの冗談になってしまう。

私生児　呪われた血なまぐさい仕業(しわざ)だ、
粗暴な手による無慈悲な行為だ、
もしこれが人の手による犯行なら。

ソールズベリー　もしこれが人の手による犯行なら？
我々はこうなることを薄々予感していた。
これはヒューバートの手による恥ずべき仕業、
これは王の企みだ、王はこれを目ざしていた――
私はその王に服従することをおのれの魂に禁じ、
この愛らしい命の廃墟の前に跪き、
息の続くかぎりこの息絶えた王子に

聖なる誓いを立ちのぼる香りとして捧げよう。
復讐という誉れ高い行為を遂げて
この手に輝かしい栄誉を与える日まで、
私は断じてこの世の快楽を味わわない、
断じて歓楽の毒に染まらない、
断じて安逸や怠惰にふけらない、そう誓います。

ペンブルック
ビゴット　我らの敬虔な魂もその言葉に従います。

ヒューバート登場。

ヒューバート　諸卿、大慌てでお捜ししていたところです。
アーサーは生きています、王が皆様をお呼びです。

ソールズベリー　こいつめぬけぬけと、殺しておきながらしらっとしやがって。
失せろ、忌まわしい悪党、消えてしまえ！

ヒューバート　私は悪党ではありません。

ソールズベリー　俺が法律の役目を横取りしてやるか？（剣を抜く）

私生児　その剣はきらめいている、錆びつかせることはない、収めなさい。

ソールズベリー　こいつ[*1]の皮膚を鞘にするまではごめんだ。

ヒューバート　下がって、ソールズベリー卿、お下がりなさい！神かけて私の剣もあなたのに劣らず鋭利だろう。ご身分をお忘れ[*2]になり、私ごときに斬りかかってはなりません、私にしても正当防衛だからと剣の腕を試す危険をおかしたくない、

あなたの怒りに目を奪われて身分の差を忘れ、ご立派で偉大な閣下と対決するのは避けなくては。

ビゴット　黙れ、糞溜め野郎！　貴族に挑み掛かる気か？

ヒューバート　滅相もない、しかし何の罪もない自分の命は守ります、相手が貴族どころか皇帝でも。

ソールズベリー　貴様は人殺しだ。

ヒューバート　私を怒らせてそんな者にしないでくれ。

＊1　ジョン王の時代からシェイクスピアの時代にいたるまで、剣の鞘は動物の皮革で作られた。

＊2　自分より身分が下の者と闘うのは貴族の名折れとされた。

私はまだ人殺しではない。誰の舌であれ偽りを言えば
それは真(まこと)ではなく、真を言わない者は嘘つきだ。

ペンブルック やれ、切り刻め。

私生児 (剣を抜いて)やめろ、鎮まれ。

ソールズベリー どけ、どかんと貴様を叩っ斬るぞ、フォークンブリッジ。

私生児 悪魔を叩っ斬るほうが楽だろうぜ、ソールズベリー。
俺に向かって眉のひとつもしかめるか、足を一歩でも動かすか、
怒り任せに俺をヒューバートなみに扱って侮辱してみろ、
叩っ殺してやる。剣をおさめろ、ぐずぐずするな、
さもないとそのなまくらごと貴様をぶちのめして
悪魔が地獄からやってきたと思わせてやる。

ビゴット 何がしたい、令名高きフォークンブリッジ?
人殺しの悪党の肩を持つのか?

ヒューバート ビゴット卿、私は人殺しでも悪党でもない。

ビゴット 誰がこの王子を殺した?

ヒューバート (剣を収めて)お元気だった王子とお別れしてか

ら一時間も経っていません。
私は王子を敬っていました、愛していました、その愛らしい命が
失われた、私は命が尽きるまで泣き通します。

（貴族たちと私生児も剣を収める）

ソールズベリー　こいつの目から流れているのは狡猾な水だ、
信用するな。悪党でも涙という体液が無いわけではない、
こいつは長らくその道の熟練だったから、涙を
憐憫（れんびん）と無実が滔々と流れる川に見せかけられるのだ。
さあ、屠殺（とさつ）場の悪臭を忌み嫌う者はみな
私と一緒にここを離れよう、
罪の臭いで窒息するからな。

ビゴット　ベリー*へ行こう、フランス皇太子のもとへ。

ペンブルック　（私生児に）王に伝えろ、我々を探したければそこにいると。

（三人の貴族退場）

私生児　結構な世の中だ！　このきれいな仕事のことは知ってたのか？

＊ Away toward Bury　「ベリー」とは前出の「セントエドマンズベリー」のこと。

慈悲の手は遠くまで届くというが、その範囲を越えた無限の彼方の地獄に堕ちるぞ、もしもこの殺人の張本人がお前ならな、ヒューバート。

私生児 はあっ！ こっちの話をお聞きください——

ヒューバート 私の話を聞かせてやる——

お前は地獄に堕ちて真っ黒だ——お前の罪ほど黒いものがあるか！

お前は堕天使ルシファー[*]よりもっと深い地獄に堕ちた。

お前がこの子を殺したなら、お前は醜い悪魔になる、その醜さは地獄一だろう。

ヒューバート 私の魂にかけて——

私生児 この残虐きわまる所業に同意しただけで、魂の救いはなく絶望するしかない——縄がなくとも、蜘蛛の吐き出すいちばん細い糸があれば、お前の息の根を止める役が務まるだろう。頼りないい草一本あればお前をつるす梁（はり）になる。あるいは溺れて

＊ Lucifer 堕天使、天国から地獄に落とされた大天使で、サタン（Satan）と同一視される。

死にたいなら、スプーンに水を少したらしてみろ、
お前みたいな悪党を溺死させるには十分な
大海原になるだろう。
俺はお前がやったと思っている。

ヒューバート　万一私が、実際に行動するなり、同意するなり、
単に考えるなりして、土と化したこの美しいお体にこもってい
た
かぐわしい息を盗むという罪を犯したなら、地獄中の拷問では
足りぬほど責め苛まれてもかまいません。

私生児　おい、この子を抱き上げろ。*（ヒューバートは亡骸を抱き上げる）
わけが分からなくなってきた、イバラや
危険だらけのこの世で道に迷ってしまいそうだ。
お前、イングランド全土を軽々と抱き上げるなあ！
国王の血を引く小さな亡骸(なきがら)から
この王国の命が、権利や真実が天国へ
飛び去った、残されたイングランドはいま

＊ Go, bear him in thine arms. アーサーが生きているかのようにhimを使っている。当時は殺人犯が犠牲者の死体に近づくと死体の傷口から血が流れ出すと思われていた。『リチャード三世』一幕二場でグロスター公リチャード（のちのリチャード三世）がヘンリー六世の亡骸に近づくと、これが起こった（ちくま文庫版二四頁参照）。

紛争と闘争に明け暮れ、主（あるじ）のない
堂々たる王権は鋭い歯で噛みちぎられている。
いまや野良犬じみた戦争が、しゃぶられて骨だけになった
王権をねらい、怒りに背中の毛を逆立て
牙（きば）をむいて唸（うな）り、穏やかな平和を脅（おびや）かしている。
いまや外国軍と国内の不満分子が
合流して一体となり、広範囲にわたる混乱は、
病に倒れた獣に襲いかかろうとするカラスのように、
簒奪（さんだつ）された玉座が朽ちるのを今や遅しと待っている。
いまや幸せなのは、この大嵐に耐えきれる外套と
ベルトを身につけた者だけだ。その子をかかえて
俺についてこい、急ぐぞ。俺は王のもとへ行く。
すぐ片付けねばならんことが山のようにある、
それに天そのものが恐ろしい顔でこの国を睨んでいる。

（一同退場）

第五幕

第一場　イングランド。ジョン王の宮殿。

ファンファーレ。王ジョン、パンダルフ、従者たち登場。

王　このとおり[*1]私はあなたの手に
私の栄誉の王冠をお渡しする。

パンダルフ　(王冠を返して[*2]) では改めて
法王からの貸与として、私のこの手から
あなたの君主としての権威のしるしをお受けなさい。

王　この上は聖職者としての約束を守り、フランス軍のもとへ
行き、余[*3]が火だるまになる前に、法王から託された全権を

＊1　Thus have I yielded up into your hand/ The circle of my glory. 時制が現在完了であるうえ、thus（このように、こうして、このとおり）という語があるので、王と王冠とパンダルフの関係が微妙である。まずパンダルフが王冠を持って登場という演出もありうる（その場合「栄誉の王冠をわたしました」）。王ジョンが王冠をパンダルフに渡しながらこの台詞を言うのもありうる。いずれにしろ王冠は一旦パンダルフの手に渡り、パンダルフはそれを改めてジョンに渡す（あるいはジョンの頭に載せる）。

＊2　このト書きもFにはない。BBCテレビ版ではパンダルフがジョンの頭に王冠を

揮(ふる)って彼らの進軍を阻止してもらいたい。
不満をいだく余の貴族たちは叛乱を起こし、
余の民は君主への服従の義務を怠り、
見ず知らずの血筋を持つ外国の王に
忠誠と深い敬愛を捧げると誓っている。
洪水のように溢れかえるこの人心の乱れは
あなたにしか抑えられぬ。
ただちに対処してくれ、いまのこの時代の病(やまい)はあまりに重く、
いまただちに薬を投与せねば、
続いて起こるのは治癒しがたい破滅だ。

パンダルフ　この大嵐を起こしたのは私が吐いた息だ、
あなたが法王に対し頑迷な態度を取ったからです。
だがこうして素直に穏やかに悔悛なさったからは、
私の舌でこの戦争の嵐を再び静まらせ、
暴風雨が荒れ狂うこの国に晴天をもたらしましょう。
今日この日、キリスト昇天節にあたり、よろしいか、
法王に対するあなたの恭順の誓いを受け、

載せる。

*3 … fore we are inflamed. ジョンはこの場の最初の台詞では自分を指す一人称代名詞に私人のI (my, me) を使ったが、再び王冠を戴くと、王であることを誇示するためかwe (our, us) という「君主の複数 (royal plural または royal 'we')」を使っている。

私はフランス軍に武器を収めさせてきます。（従者たちと共に退場）

王　今日はキリスト昇天節か？　あの予言者[*1]は
昇天節の昼までに俺が王冠を手放すと
言わなかったか？　まさにそのとおりになった――
もっとも、無理強いされてそうなると予想したが、
自ら進んでだったのは何よりだ、神に感謝せねば。

私生児登場。

私生児　ケント州全域が降伏しました。持ちこたえているのは
ドーヴァー城だけです。ロンドンは、まるで客をもてなす
宿の主人のように、フランス皇太子とその軍を迎えました。
貴族たちは[*2]あなたの言葉に耳を貸そうともせず、
あなたの敵に奉仕するため立ち去りました。
数少ない味方は不安げで頼りにならず、
右往左往してうろたえるばかり。

＊1　四幕二場で私生児に連れられて登場するポンフレットのピーターのこと（一三一頁）。

＊2　この場に入ると、私生児が王ジョンに対して「陛下」に当たるmy lordやyour Majestyといった王への敬称を使わなくなる。

王　貴族たちは、アーサーが生きていると知っても私のもとへ戻ろうとしないのか？

私生児　彼らは、死んで道端に捨てられたアーサーを見たのです。それは、命という宝石が何者かの呪われた手で奪い取られた空の宝石箱でした。

王　あの悪党ヒューバートは、アーサーは生きていると言ったぞ。

私生児　確かにそう言っていました、彼が知るかぎりは、と。しかしなぜそのようにうなだれ、深刻な顔をなさるのです？これまでのお考えが偉大だったように、偉大な行動をお取りなさい。

王者の目の動きが不安や恐れに支配されていると世間に気取られてはなりません。

時勢に合わせて活発に動き、火に対しては火となり、脅してくる者は脅し返し、恫喝する顔はにらみ倒してやるのです。そうすれば偉大な者から立ち居振る舞いを見習う下々はあなたを手本として偉大になり、怖いもの知らずの不屈の性根を身につけます。
さあ、あちらへ、そして戦場を飾ろうとする
*軍神マルスのように金色に輝く姿をお見せなさい。
天を目指さんばかりの大胆不敵で自信にあふれたお姿を。
えっ、やつらに獅子の住処を探らせるんですか、
獅子が洞穴で怯え、震えているところを？
ああ、そんなことを言わせてはなりません！　こちらから襲撃
をかけ、
不愉快な敵とは遠く離れたところで対決し、
近づいてくる前につかみ殺すのです。

王　法王の使節がいままでここにいたのだが、
めでたく和睦できた、
彼はフランス皇太子の率いる軍を
追い払うと約束してくれた。

私生児　ああ、屈辱的な盟約！
我々はおのれの国を根城にしながら
侵略してきた外敵に公平無私な条件を出し、

＊ ...and glisten like the god of war...　ローマ神話の軍神マルスは黄金の鎧をつけていたという。

妥協し、迎合し、談判し、卑劣な
休戦交渉をするのですか？　髭も生え揃わぬ小僧が、[*1]
洒落のめした甘ったれが、我がもの顔に
我々の戦場を踏み荒らし、その初陣(ういじん)の剣を武勇の国土に
突き立て、遊び半分に軍旗をひるがえして大空を馬鹿にする、
それでも放っておくのですか？　陛下、武器を取りましょう！[*2]
おそらく枢機卿は和睦に失敗します、
成功したとしても、せめて認めさせてやりませんか、
我々が思わくどおりの国土防衛を見せつけたと。

王　現状処理の指揮権はお前にわたす。

私生児　では勇気をふるって出撃だ！　（傍白）だが俺には分かる、
我が軍はもっと強力な敵とでも戦える。

（一同退場）

第二場　セント・エドマンズベリー近くの

＊1
...a beardless boy... 皇太子ルイのことだが、史実ではイングランド侵攻時点の彼は二十九歳だった。

＊2
この場の私生児がここで初めて「陛下、わが君（my liege）」と言う。

フランス皇太子の陣営

武装した皇太子ルイ、ソールズベリー、メルーン、ペンブルック、ビゴット、兵士たち登場。

皇太子　（書面をメルーンに手渡し）メルーン卿、これの写しを取らせ、
控えとしてしっかり保管しておいてくれ。
原本はこちらの貴族諸卿にお返ししろ、
これには我が方の公正な同意事項が認めてある、
だから記載されたことを精読すれば、双方ともに
我々がなぜこの聖なる誓い*を立てたかが分かり、
固く信義を守って盟約を破らずにすむだろう。

ソールズベリー　当方が破ることは断じてありません。
皇太子殿下、我々は殿下のご処置を
何ものにも強制されず、熱意を込め自ら進んで

＊Sacrament　英仏双方の貴族たちとフランス皇太子は、盟約を神聖なものにするために秘跡（サクラメント）を受けた。

支持すると誓っております、しかし、実を申しますと、殿下、
私は嬉しくありません、いまの世の
このような傷を治療する膏薬として、唾棄すべき
叛乱を利用し、根深い膿を持つ一つの傷を癒すために
多くの傷を作るというのは。ああ、胸が張り裂けそうだ、
この腰の剣を抜けば、否応なしに未亡人を
作り出すことになる——ああ、そこでは
イングランドの救助と防衛を求める声が
ソールズベリーの名を呼んでいるというのに。
しかし時代の病はあまりに重く、
我々の権利を治療し健康を取り戻すには
過酷な不正や乱れた悪の手を借りて
強行せざるをえないのです。
無念ではないか、ああ、悲しみに沈む友人たちよ、
この島国の息子であり子供である我々が
これほど悲惨な時を目撃するために生まれてきたとは、
我々はいま外国人のあとについて歩き、母国の

優しい胸を踏みつけて進軍し、敵軍の
一翼を担い——やむを得ぬとは言え、祖国に弓を引くという
不名誉を犯し、私は身を引き泣かずにいられない——
外国の貴族の名誉を飾るために、この地で
馴染みのない軍旗に従っているのだ。
くそ、何がこの地だ！　ああ、イングランドよ、お前がどこかへ
移動できればなあ。お前を抱きしめている海神ネプチューンが
*お前を忘却の彼方にある異国へと運び、
その岸辺に係留（けいりゅう）してくれればどんなにいいか、
そうすればこの二大キリスト教国の軍はそこで合流し、
敵意の血は同盟という血管を流れて、およそ
隣人同士らしくない血の無駄遣いはせずにすむ。

皇太子　いまの言葉には高潔な気性が現れている、
その胸の中で格闘する大きな祖国愛が
高潔さという大地を揺り動かしている。
ああ、やむを得ぬ事情と祖国を尊ぶ思いとの板挟みになり

＊以下四行には十字軍遠征のイメージがある。

*あなたはなんと高潔な戦いをしてきたのだろう！
その頬に銀色のあとをつけて滴る
名誉の露をこの手でぬぐわせてくれ。
かつて私の心は、あるご婦人の涙を見て溶けたものだ、
ごくありきたりなこぼれ方だったにも拘わらず。
しかし今これほど男らしい涙がほとばしり、
魂の嵐に吹きあおられた豪雨を見ると、
私の目は驚き、夜空という大伽藍一面を
燃え上がらせる、天の異常現象を
見たときよりも呆然としてしまう。
顔を上げろ、令名高きソールズベリー、そして
その勇敢な胸を張り、嵐を吐き出してしまえ。
そういう涙は、巨大な世界が怒り狂うさまを
まだ一度も見たことのない赤ん坊に残しておくか、
あるいは、活気と浮かれ騒ぎと噂話に沸きたつ宴会しか
経験したことのないおめでたい人間にくれてやれ。
もう泣くのはよせ、これからあなたはこのルイと

*「あなた」と訳したが、皇太子がソールズベリーに対して使う二人称代名詞は thou（thy, thee）である。あくまで上から目線。

同じように、豊かな繁栄という財布の奥まで手を
突っ込むのだから。そう、私の軍に
兵力を投入してくれる貴族諸卿にしても同じだ。

[*1]（トランペットの音）

ああ、いま私が言ったのは天使の言葉だったらしい。

パンダルフ登場。

見ろ、法王の使節がお見えだ、
神の御手（みて）から賜った令状を我々に与え、
聖なる言葉によって我々の行動に
正義の刻印を押すために。

パンダルフ　ご機嫌よろしゅう、フランス皇太子殿下。
[*2]最新の知らせだ。ジョン王は
ローマと和解し、これまで聖なる教会に、
偉大なローマ大司教管区に、
激しく抵抗していた彼の心も屈した。

＊1
（Trumpet sounds）／And even there, methinks an angel spake!　Fにはないこのト書きを入れたのはドーヴァー・ウィルソン。ルイの言葉から推しはかり、天使とラッパ（trumpet）のつながりを考えて入れたものと思われる。アーデン3もそれを踏襲している。ちなみにマクベスは、ダンカン王の人徳が「ラッパを吹き鳴らす天使のように王の命を奪うという地獄堕ちの罪を非難するだろう(His virtues will plead like angels, trumpet-Tongu'd, against The deep damnation of his taking-off.)」と言っている（一幕七場、ちくま文庫版四二頁）

＊2
パンダルフの皇太子に対す

従ってお前もその険悪な軍旗をたたみ、
粗暴な戦争の荒々しい精神を手なずけなさい、
そうすれば人の手で飼いならされた獅子のように、
戦の精神も平和の足元におとなしくうずくまり、
見かけ以上に有害にはならないだろう。

皇太子　枢機卿、お許し願おう、私には撤退する気はない。
私ほど高貴な生まれの者は、人の道具になって
二番手の地位に甘んじることはできない、
全世界のいかなる強大な国家に対してであれ
便利な召使いや手先になることもできない。
懲罰を受けたこの国と私との戦争の
燃えがらに、まず火をつけたのはあなたの息だ、
あなたはそれが燃えつづけるための燃料も持ち込んだ、
いまやその火は、つけた時と同じか弱い息では
吹き消せないほど大きく燃えさかっている。
あなたは正義の顔の見分け方を教えてくれた、
この国に私の権利があることに気づかせ、

る口ぶりも高圧的である。彼への二人称も thou (thy, thee)。

そう、この挙（きょ）に出る企てを私の胸に送り込んだ。
そのあなたが今になってやってきて、ジョンがローマと
和解したと言うのか？　その和解は私にとって何だ？
私は、結婚による正当な権利によって、幼いアーサー亡きあと
この国は私のものだと主張している。
それをほとんど征服し終えたいま、引かねばならんのか、
ジョンがローマと和解したというただそれだけで？
私はローマの奴隷か？　ローマが一ペニーでも負担したか？
どれだけの兵士を供給した？　この作戦を支えるために
武器の一つも送ってきたか？　この莫大な戦費を
まかなったのは私ではないのか？　私以外の誰が、そして
私の要求を認めて従ってくれた者以外のいったい誰が、
汗水流して従軍し、この戦争を遂行（すいこう）した？　この島国の
人々は、私が征服した町々を通るたびにフランス語で
*「国王万歳！」と叫んだ、私はそれを聞かなかったか？
いま私は、王冠を賭けたこのゲームに楽勝できる
最高の手札を持っている、そうだな？

＊原文では Vive le roi! 英語の Long live the king! に当たる。

そのせっかくの勝ちを捨てねばならんのか?
いや! とんでもない、そんなことは断じて許さん。

パンダルフ あなたはこの事案の外側しか見ていない。

皇太子 外側にしろ内側にしろ、私のこの試みが
十分な栄誉に浴するまでは、帰国する気はない、
私の大いなる希望が叶えられる大きな栄誉だ、
そこで私は世界じゅうから百戦錬磨の兵士を集め、
さらに火と燃える精鋭を選りすぐった、
彼らは大きく口を開けた危険と死のただなかに飛び込み、
勝ち誇る敵をにらみ倒し、名声を勝ち得たのだ。

(トランペットの音)

あの生きのいいトランペットは何の知らせだ?

私生児登場。

私生児 この世の公平無私な戦法に従って
話をさせていただきたい。私は話すために遣わされたのだから。

我が神聖なるミラノの枢機卿、私は王の名代として、
あなたが王のためにどのように交渉したかを知るために来た。
お答え次第ではあるが、私に許された権限内で
何を申し述べるべきかは分かっている。

パンダルフ　フランス皇太子は頑として敵意をゆるめず、
私の懇願に少しも歩み寄ろうとせぬばかりか、
断じて武器は置かぬと言い捨てて、取り付く島もない。

私生児　激しい戦意を吐き出すすべての血潮にかけて、
いいこと言うぜ、若造！　ではイングランド王の御意を聞け、
王は私の口を通してこう仰せだ、
王は戦闘準備を整えておられる、整えて当然だがな。
この猿芝居もどきの無礼きわまる領土侵攻を、
この甲冑をつけた浅はかな仮面劇を、
この髭も生え揃わぬ小生意気なガキどもの戦争ごっこを、
王は笑って見ておられる、そして手ぐすね引いて
おいでだぞ、この小人じみた戦争に、このちび集団の
軍勢に、ひと鞭くれて領土から追い出してやろうと。

王のお手の力は強い、かつてお前のところの玄関口[*1]で
お前を叩きのめし、すっとんで逃げ出させ、
お前をバケツよろしく隠し井戸に飛び込ませ、
お前を厩（うまや）の床（ゆか）の寝わらにもぐりこませ、
お前を質草（しちぐさ）なみにチェストやトランクの中に横たわらせ、
穴倉（あなぐら）や牢獄で豚と抱き合って
身の安全を求めさせ、[*2]お前の国の象徴である
雄鶏（おんどり）の鳴き声を武装したイングランド兵の
鬨（とき）の声と勘違いさせてぶるぶる震えさせ——
お前の部屋においてさえお前を懲らしめた
あの勝利のお手が、ご自分の国で弱くなることがあろうか？
ない！　心して聞け、武装した勇敢な王は、
雛（ひな）を守る鷲のように急降下し、巣に近づく外敵に
襲いかかろうとしておいでだ。
そしてお前たち、堕落しきった恩知らずの反逆者ども、
母なるイングランドの子宮を切り裂く
血に飢えた暴君ネロ[*3]ども、恥を知り赤面しろ！

＊1
...even at your door　この door は doorstep（戸口の段、玄関口）で、具体的にはイングランドにとってはフランスへの入り口であるカレーのこと。

＊2
Even at the crying of your nation's crow.　この crow はカラスではなく rooster（おんどり）で、十六世紀にはすでにフランスを象徴する鳥だった。

＊3
You bloody Neroes　古代ローマの皇帝ネロ（在位五四〜六八）は、キリスト教徒迫害をはじめとする様々な暴虐で悪名高い。自分の妃と母を殺し、母親の子宮を切り裂いたという。

お前らの妻も色白の娘たちも、女武者アマゾンのように
軍鼓（ぐんこ）のあとを小走りで追い、
針仕事の指ぬきを戦闘用の籠手（こて）に変え、
縫い針を槍に持ち替え、優しい心を
残酷なまでに激しい戦意に一変させている。

皇太子　強がりはそれまでにして、おとなしく帰れ。
どやしつける力はお前が上だと認めよう。さらばだ、
お前のようなホラ吹きを相手にするのは
貴重な時間の無駄遣いだ。

パンダルフ　私にも言わせていただきたい。

私生児　いや、俺がしゃべる。

皇太子　どちらの話も聞く気はない。
太鼓を打て、それこそが戦（いくさ）の舌、その響きに弁じさせろ、
私の権利と私がここに居るという事実を。

私生児　なるほど、打てば太鼓は音（ね）を上げる、
いずれあなたも打たれて音を上げるだろう。さあ、
お前の太鼓の騒音でこだまをギョッとさせろ、

すぐ目と鼻の先に、お前の太鼓に負けぬほどの
轟音を叩き出す太鼓がいまや遅しと待ち受けている。
続いてもう一発鳴らしてみろ、お前のに負けぬほど
高らかに大空の耳の中でガラガラドンと響き、
雷の大音声をもをあざ笑うだろう。なぜなら目と鼻の先に――
王はそこの当てにならない法王使節など信用せず、
必要からではなく冗談でお遣わしになったんだが――
その武勇の王ジョン陛下がおいでなのだ。王の額には
骸骨すがたの死神が坐っている、その役目は今日この日
何千ものフランス兵を一挙に食らって宴会を開くことだ。

皇太子 太鼓を打ち、そのとおりの危険があるか試してやる。

私生児 心配するな、皇太子、その危険を突きつけてやる。

（一同退場）

第三場　戦場

警報ラッパ。ジョン王とヒューバート登場。

王　我が方の状況はどうだ？　ああ、教えてくれ、ヒューバート。

ヒューバート　よくないようで。陛下、ご気分は？

王　この熱病にはさんざん辛い思いをしてきたが、それがますます酷(ひど)くなっている。ああ、胸が苦しい。

使者登場。

使者　陛下、勇敢なお身内のフォークンブリッジ様は、陛下に戦場を離れていただきたいとお思いで、行く先をうかがうよう私にお命じです。

王　スウィンステッド*だ、そこの修道院に行くと伝えろ。

＊ Swinstead　ヨークシャーの町。史実ではスウィンステッドから二十五マイルにあるリンカンシャーのSwineshead（スワインズヘッド）の修道院だが、『ジョン王の乱世』における間違いをシェイクスピアはそのまま引き継いでしまった。スウィンステッドには修道院はない。

使者　元気をお出しください、フランス皇太子はこの地で
　援軍を待っておりましたが、その大艦隊が
　三日前の晩、グッドウィンの砂州(さす)*で座礁(ざしょう)したそうです。
　この知らせは今しがたサー・リチャードに届けられました。
　フランス軍は戦意を喪失し、退却しています。
王　ええい！　この熱病は暴君だ、俺の五体を焼き尽くし、
　せっかくの朗報を歓迎することも許さない。
　スウィンステッドに向けて出発だ。寝台に乗せて運んでくれ。
　衰弱が俺に取り憑いた、気が遠くなる。　　　（一同退場）

* Goodwin sands　ケントの海岸の浅瀬。

第四場　フランス軍陣営

ソールズベリー、ペンブルック、ビゴット登場。

ソールズベリー　王の味方がこれほど集まるとは思ってもみなかった。

ペンブルック　もう一度出撃だ。フランス軍の戦意を奮い立たせよう。

　彼らが負ければ、我々も負けだ。

ソールズベリー　あの悪魔の出来損ないの私生児め、どう攻めようがどうとでもなれと言わんばかりに、一人で踏ん張っている。

ペンブルック　ジョン王は病(やまい)が悪化し、戦場を離れたそうだ。

　重傷を負ったメルーン、兵士たちに支えられて登場。

メルーン　イングランドの反逆者たちのところへ連れていってくれ。

ソールズベリー　我々もよかったころは、そんな呼び方はされなかった。

ペンブルック　メルーン伯爵だ。

ソールズベリー　致命傷だな。

メルーン　逃げろ、イングランドの貴族たち、あなた方は裏切られた。

粗暴な反逆という針の目から糸を引き抜くように後戻りして、

一旦は捨てた忠義を両手(もろて)を挙げて迎えなさい。

ジョン王を捜し出し、その足元にひれ伏すのだ。

もしフランス軍が今日の激戦に勝利すれば、

皇太子ルイはあなた方の苦労に報いるために

あなた方の首を刎(は)ねるつもりなのだから。彼はそう誓ったのだ、

彼と共に私も、そして私と共にさらに多くの者たちも誓った、

セント・エドマンズベリーの祭壇で。

ほかでもない、我々があなた方に対し、

深い友好と永久不変の愛を誓ったあの祭壇でだ。

ソールズベリー　そんなことがあり得るのか？　本当なのか？

メルーン　私の眼前には見るも恐ろしい死が迫り、

わずかに残る命も血と共に流れ出ている、

ちょうど火にかざした蠟人形が溶けて
跡形もなくなってしまうように、そうではないか？
その私が今さら何のために偽りを言うだろう、
どんな偽りを言っても何の得にもならんのに？
私がなぜ嘘をつく必要がある、ここで死に、真実を言って
あの世で生きねばならぬというのが本当なのに？
もう一度言おう、ルイが今日の戦いに勝った場合、
あなた方のその目がもし東の空に再び夜明けを見るならば、
ルイは立てた誓いを破ることになる。
ほかでもない今夜、毒を含んだ夜の黒い息が、
年老いて弱り一日の旅に疲れた太陽の
燃える兜をすでに霧のように包んでいる、
そんな不吉な今夜、あなた方の息も尽きる、
そうやってあなた方は裏切りに見合った罰金を払い、
あなた方の命はルイの裏切りによってけりをつけられる、
もしルイがあなた方の援助で勝利をおさめるなら。
ジョン王のそばにいるヒューバートという男に

よろしく言ってくれ。彼への愛が、さらに
祖父がイングランド人だったという思いが、*私の良心を
目覚めさせ、すべてを打ち明ける気にさせた。
その代わり、どうか私をここから運び出してくれ、
このやかましい戦場から離れた所で静かに
思い残したことに思いを馳せ、
この肉体と私の魂との別れに立ち合いたいのだ、
瞑想と敬虔な祈りを胸に。

ソールズベリー　我々はあなたの言葉を信じる、
どこから見てもこれほど申し分のない機会に恵まれながら
それを喜ばぬなら、我が魂に呪いあれだ。この機をのがさず
忌まわしい反逆の道を引き返し、
水が引いて氾濫がおさまった川のように、
我々も膨れ上がり逆流する無軌道ぶりは捨てて、
かつて乗り越えた土手のなかに戻って身をかがめ、
我らの大海原である偉大な王ジョンのもとへ
穏やかに流れて行こう。

＊　メルーン伯爵の祖父がイングランド人だったか否かは真偽が不明。ただし、『ジョン王の乱世』ではそう語られている。シェイクスピアはそれを踏襲した。

さあ、この腕をお貸ししてここからお連れしよう、
あなたの目には残酷な死の苦悶が見て取れる。
出発だ、友人諸君。新たな逃亡だ、
これは幸せな新しさだ、古い正しさを目指すのだから。
（一同退場）

第五場　フランス軍陣営

皇太子ルイとその軍勢登場。

皇太子　イングランド軍がおのれの領土で
おずおずと退却したとき、太陽も沈むのを嫌がって
歩みを止め、西の空を赤面させているように思えたぞ。

一方、戦場から引き上げる我が軍は堂々たるものだった、
あれだけ血みどろの大奮闘をしたあとで
駄目押しの一斉射撃を「おやすみ」の挨拶がわりにし、
ぼろぼろになった軍旗[*]をきれいに巻きおえた時には
敵の影さえなく、我々は戦場の支配者と言ってよかった。

使者登場。

使者　どこにおいでです、皇太子殿下は？

皇太子　ここだ、何かあったか？

使者　メルーン伯が戦死なさいました。イングランドの
貴族たちは、伯爵の説得により再び寝返りました。
また殿下が長くお待ちであった援軍の艦隊は
グッドウィンの砂州で難破し沈没。

皇太子　ああ、呪わしい嫌な知らせだ！　お前の心も呪われろ、
今夜これほど沈んだ気持ちになるとは思ってもみなかった、
この知らせのせいだ。ジョン王が逃げたと報告したのは

＊ our tottering colours　激戦のしるし。

どこのどいつだ、人を躓かせる夜の闇が、
疲れ果てた両軍を引き分ける一、二時間前だったが？

使者　誰が報告したにせよ、それは事実です。

皇太子　よし、今夜は警戒を厳重にし、油断するな。
明日、私は日の出前に起き出して、
一か八か幸運を試してやる。

第六場　スウィンステッド修道院の近く

私生児とヒューバートが別々に登場。

ヒューバート　誰だ？　何か言え、おい！　さっさと言え、撃つぞ。

私生児　味方だ。お前は？
ヒューバート　イングランド側だ。
私生児　どこへ行く？
ヒューバート　お前の知ったことか？
私生児　お前の用事くらい訊いてもかまわんだろう、
　お前も俺の用事を訊くがいいさ。ヒューバートか。
ヒューバート　そうだ。
　どんな危険があってもお前は俺の味方だと信じよう、
　そんなにすぐ俺の声を聞き分けるんだからな。
　誰だ、お前？
私生児　誰でもかまわん。なんなら
　親しい友人として付き合ってもらってもいい、
　これでも一応プランタジネット家の血筋だと思ってくれ。
ヒューバート　お粗末な記憶力と夜の闇のせいで
　とんだ恥をかいた。勇敢な兵士よ、許してくれ、
　その口から出た言葉を聞いても
　俺の耳には声の主が分からなかった。

私生児　まあ、まあ、挨拶は抜きだ、どんな噂が流れている?

ヒューバート　それより、いま夜の闇の中で
あなたを捜していたのです。

私生児　では手短に頼む、なんの話だ?

ヒューバート　ああ、優しい方、こういう夜にふさわしい話、
暗く、恐ろしく、不安を掻き立て、身の毛もよだつ話です。

私生児　その嫌な知らせの傷口は、最悪な点は何だ、
俺は女じゃない、聞いても失神しないから言ってみろ。

ヒューバート　王は、ある修道士に毒を盛られたと思われます。
御前(ごぜん)をさがったときはほとんど口もきけないご様子で、
私はこの凶報をあなたにお伝えしようと飛び出してきました、
あとになってお知りになるよりも、緊急の事態に
十分に備えられるようにと。

私生児　どうして毒など口になさったのだ?　誰が毒味をした?

ヒューバート　修道士です、肝(きも)の据わった悪党で、内臓が
破裂したとか。王はまだ口をきいておいでですから、
あるいは助かるかもしれません。

私生児　王のお世話は誰に任せてきた？

ヒューバート　ああ、ご存じないのですね？　貴族たちは全員戻ってきたのです。ヘンリー王子[*1]を一緒にお連れして。王子のお取りなしで、王は貴族たちをお赦しになり、みな揃っておそばに付き添っています。

私生児　強大な神よ、怒りを抑え、耐えきれぬほどの試練を我らに与えたもうな。[*2]実はな、ヒューバート、今夜ここの浅瀬を渡っていたとき、私の軍の半分が波にさらわれた――リンカーン・ウォッシュ[*3]の砂州の餌食になったのだ。俺はいい馬に乗っていたので一命をとりとめた。さあ、先に立って王のところへ案内してくれ。俺が着く前に亡くなるといけない。

（二人退場）

＊1　Prince Henry　のちのヘンリー三世。ジョン王とその二度目の妻アングレームのイザベルとのあいだに一二〇七年に生まれ、一二一六年に王位を継いだ。没年は一二七二年。おそらくアーサー役の少年俳優がこの役も演じたのだろう。

＊2　And tempt us not to bear above our power.　新約聖書「コリント人への手紙一」第十章第十三節「神は真実である。あなた方を耐えられないような試練に会わせることはない（God is faithful, who will not suffer you to be tempted above that ye are able.）」を踏まえているとされる。

＊3　Lincoln Washes　ロンド

第七場　スウィンステッド修道院の庭園

王子ヘンリー、ソールズベリー、ビゴット登場。

王子　もう手遅れだ。全身を流れる血液の精髄が汚染され腐ってゆき、魂の脆い住まいとも言われる脳髄も混濁して、口を突いて出るのはたわいもないうわ言ばかり、お命の終わりを予告している。

ペンブルック登場。

ペンブルック　陛下はまだ口をおききになります、外の空気に当たりたいと仰せです、そうすれば襲いかかる猛毒の焼けるような熱も治まるだろうと。

王子　ではこの庭園にお運びしてくれ。

ンの北ほぼ一五〇キロにある、イングランド中部東岸の北海に面した湾。

（ビゴット退場）[*1]

まだうわ言を言っておいでか？

ペンブルック　殿下がおそばをお離れになったときより

だいぶ落ち着かれました。いまは歌を歌っておいでです。

王子　ああ、病がもたらす幻惑だ！　激痛も

長く続くと痛みそのものを感じなくなる。

死は、肉体という人間の外面を食い尽くすと、

目につかぬようにそこを離れ、今度は内なる

精神を包囲し、奇怪（きっかい）な妄想の大軍を送り込んで

精神を傷つけ痛めつける。そして精神という最後の砦（とりで）に

雪崩（なだれ）を打って殺到するうち、妄想は同士討ちを

はじめるのだ。瀕死の人間が歌を歌うとは奇妙なことだ。

王は蒼ざめて息も絶え絶えな白鳥であり、私はその雛鳥だ、

白鳥[*2]はおのれの死に向かって悲しみの賛美歌を歌い、

弱々しい喉笛を震わせる歌声を放って

魂と肉体を永遠の休息に就かせるのだ。

ソールズベリー　元気をお出しなさい、殿下は、

＊1
Fにはこのト書きはなく、のちの編注・校訂者が入れたもの。この場に登場する貴族は三人だが、ビゴットだけ台詞がないので、王を呼びにゆき、連れてくる役割を担ったと考えられる。

＊2
古来からの考えによれば、鳴かない鳥である白鳥は、ただ一度だけ死の直前に美しい声で歌うとされた。

父君が混沌と無秩序のまま残された状況に
秩序と形を与えるためにお生まれになったのですから。

王ジョンが運ばれて登場。[*1]

王　ああ、そうとも、これで私の魂はようやく楽になれる、
もう肉体の窓からも戸口からも出たがらないだろう。
この胸の中は猛暑の夏だ、
内臓はすべてぼろぼろに崩れてしまった。
私は羊皮紙にペンでなぐり描きされた肖像だ、
この焼けるような熱に当たって
縮んでしまう。

王子　陛下、ご気分は？[*2]

王　悪い、猛毒なみだ、まずいものを食ってしまった。死んで、
見放され、捨てられているのに、お前たちは誰一人、冬を呼び
寄せ
氷のような指を俺の胃袋に突っ込めと命じてはくれぬ、

＊1
Fのト書きではJohn brought in.（ジョンは運ばれて登場）。

＊2
王子ヘンリーは「陛下のご気分はいかがですか？」というつもりでHow fares your majesty?と問いかけた。だが王はこのfareをわざと誤解して古語の「食べる」という意味に取り、つまり「何を食べましたか？」と取り、「毒を盛られた、悪いものを食べた（Poisoned, ill fare:）」と答えている。そこでillを「悪い」と「おいしくない」とをかけて「まずい」と訳した。死ぬ間際になって冗談を言う。これが王ジョンの魅力だと言ってもいいだろう。

私の王国中の川を合流させ、この焼けただれた胸に流し込んでもくれぬ。北風を招き、身を切るように冷たい息を私のかさかさに乾いた唇に触れさせ、その冷たさで私を慰めるよう頼んでもくれぬ。大した頼みではない。冷たくてもいいから慰めが欲しいのだ、お前たちはけちだ、恩知らずだ、それすら拒むのだから。

王子 ああ、私の涙に父上をお救いできる力が少しでもあれば。

王 熱い涙の塩には治癒の力はない。私の中にあるのは焦熱地獄だ、そこに閉じ込められた毒は、悪魔となって暴虐のかぎりを尽くし、もはや救済から見放され呪われた血を責め苛(さいな)んでいる。

私生児登場。

私生児 ああ、身も心も燃え上がりそうです、陛下にお会いしたい一心で飛んで参りましたので!

王　ああ、甥よ、お前は私の目をつむらせるために来たのだ。
私の心臓をつなぎとめていた綱は焼き切れ、
私の命の船旅になくてはならぬ索具（さくぐ）はすべて
一本の糸に、ひとすじの髪の毛になってしまった。
私の心臓を維持する一本の細糸がまだ切れないのは、
お前の知らせを聞くためだ、それが済めば
お前の目の前にあるのはただの土くれ、
打ち負かされた王者の似姿でしかなくなる。

私生児　フランス皇太子はいまにも進軍してきます。と申しますのは、
わが方がどう応戦すべきかは神のみぞ知る。
昨夜、夜陰に乗じて我が軍を移動させようと
リンカーンの浅瀬を行進中、予想もしなかった
高波に襲われ、不覚にも軍の大半が
その餌食になったからです。　（王は死ぬ）

ソールズベリー　致命的な知らせが届いたのはすでに死んで聞こえぬ耳だ。

陛下、わが君！――たった今までの王がもうこうなってしまわれた。

王子　私もこのように走り続け、このように止まるのか。
この世にどんな保証が、どんな希望が、どんな支えがある、
いま王だったのに、もう土くれなのだから？

私生児　*こんな風に逝ってしまうのか？　俺があとに残るのは、
あんたの復讐という務めを果たすためだ、
それが済んだら、俺の魂は天国までお供しよう、
この地上で常に忠実な僕（しもべ）であったように。
（貴族たちに）さあ、さあ、正しい軌道に戻った惑星たち、
諸卿の軍勢はどこだ？　いまこそ修復された忠義を示し、
すぐさま私と共にとって返し、気息奄々（きそくえんえん）なこの国の
脆弱（ぜいじゃく）な戸口から破壊と永遠の恥辱を叩き出そう。
ただちに敵を追え、さもないとただちに追われるぞ、
皇太子は死に物狂いで我が軍に迫っているからな。

ソールズベリー　あなたは我々より情報にうといらしい。
パンダルフ枢機卿が奥で休んでおられる、

＊この台詞では私生児が亡きジョン王に対して使う二人称代名詞は thou。

三十分前にフランス皇太子の元からおみえになり、
和睦の申し出をお届けになった、我々が
名誉と誇りを失わずに受け入れられるもので、
即刻戦争を終結させようという提案だ。

私生児　我が軍が防衛を強化していると見れば、
皇太子は終戦をもっと急ぐだろう。

ソールズベリー　いや、ある意味でそれはもう実行されている。
皇太子は軍需品や大砲用の多くの車両を
海岸に向けて送り出し、和平交渉の権限のすべてを
枢機卿にゆだねたからだ、
もしよろしければ、枢機卿と共に、あなたと私、そして
貴族諸卿とで今日の午後、大至急で
この件をめでたく収めたいのだが。

私生児　そうしよう。そして、わが高貴なる王子、
殿下は、ここに残られる貴族諸卿と共に
お父君のご葬儀[*]に参列なさいますよう。

王子　ご遺体はウスターの大聖堂に埋葬せねばならない、

＊ Worcester　ジョン王の墓はここにいまもあるそうだ。イングランド最古の王の埋葬記念碑だという。

父上のご遺言だから。

私生児　ではそちらにお運びしよう。

そして、殿下ご自身はめでたくこの国の

正当な王権と栄光を受け継がれますよう――

殿下の前に私はつつしんで跪き、

忠実な奉仕と、まことの恭順を

終生変わらず捧げます。

ソールズベリー　同じく我々も愛を捧げ、

いつまでも一点の染みもない忠勤を励みます。

王子　皆に感謝したいという思いで一杯だが、私には

この涙以外にそれを表わす術がない。

私生児　ああ、いま王の死に際し必要以上に悲しむのはよそう、

我々はすでに十分すぎる悲しみを前払いしたのだから。

このイングランドは、まず自分で自分を傷つけぬかぎり、

これまでもこれからも傲慢な征服者の足元に

ひれ伏すことは断じてない。

こうして貴族諸卿が祖国に戻ってきた以上、

たとえ全世界が武装して三方から攻めて来ようとも、
撃破するだろう。イングランドがおのれに対し
忠実であるかぎり、我々を悲しませるものは何もない。

（一同退場）

訳者あとがき

『ジョン王』という戯曲についてかつて私はこう書いた――「この劇では剣や弓よりも強力な武器は言葉なのである。これは、(中略)シェイクスピア・シアターの舞台を見たときにも感じたことだ。なんとまあ登場人物みんながみんな、言葉で相手を動かそうとしてるんだろう、と。

王権から領地・領土にいたるまでの権利や自己正当性の主張、目の前の相手に対する挑発・挑戦、非難・攻撃、哀訴・嘆願、要求、説得、忠告、示唆・教唆、命令、鼓舞・激励、そして、諸条件を出したり引っ込めたりしながらの政治的な駆け引き、交渉。誰も彼もが、比喩とレトリックとを縦横無尽に駆使し、自分(たち)の利益と安全と生命と権利を守るために相手を動かそうとする。時には天をも動かそうとする。『ジョン王』は、全編そのための言葉の応酬で成り立っているのだ」(ちくま文庫『「もの」で読む入門シェイクスピア』一一七頁)。

これを書いたのは一九九七年の初夏だっただろうか(初出は講談社のPR誌『本』)、すでに彩の国シェイクスピア・シリーズのためのシェイクスピア戯曲全訳という有難いオファーは受けていたものの、その時点ではまだ『ジョン王』は遠い未来にあり、訳すという実感は持てなかった。

それから二十余年経ってこのたび翻訳作業に当たったわけで、当然ながらこれまでよりも丁寧に、一言一句漏らさず読解するにおよび、上記の感を一層強くした。それどころか、言葉による「挑発」という一点をとっても、嫌味まじりだったり（二幕のエリナーとコンスタンスとの激しいなじり合い）、蔑視がこもっていたり（二幕の私生児とオーストリア公）と、色合いが様々なことも分かった。

この劇では登場人物全員が丁々発止とやり合う。おためごかしから恫喝まで、売り言葉に買い言葉、ああ言えばこう言う。枢機卿パンダルフのように詭弁を弄する。そうやって煙に巻いたり煙幕を張ったりしつつ相手を自陣に引っ張り込む。説得完了。とにかくひとり残らず弁が立つ。それは老若男女を問わない。

老＝皇太后エリナー、ペンブルック伯
若＝王の甥ブルターニュ公アーサー
男＝英仏両王から貴族諸卿まで
女＝エリナー、王の兄ジェフリーの未亡人でアーサーの母コンスタンス、王の姪ブランシュ。

ほとんどのシェイクスピア劇の例に漏れず、『ジョン王』にもネタ本がある。ホリンシェッドの『年代記』は材源（source）としてシェイクスピアの英国史劇ではおなじみだが、『ジョン王』の場合は重要なものがもう一つ。脚注にも書いたが一五九一年に出版された作者不詳の二部構成の歴史劇『ジョン王の乱世（*THE TROUBLESOME RAIGNE OF KING JOHN*）』（以下『乱世』）である。

『ジョン王』のプロットの運びは「忠実に」と言っていいほど『乱世』に負っている。たとえば開幕早々、イングランド王ジョンはフランス王からの使節シャティヨンを迎え、王位を王の兄ジェフリーの遺児アーサーに譲れとの要求をはねつける。シャティヨンが退場した直後、ノーサンプトンシャーのフォークンブリッジ兄弟の相続問題が切り込まれる。このタイミングも『乱世』と同じなのだ。

『乱世』と『ジョン王』を比較対象してみると、プロットの運びのように、シェイクスピアが先行作からそのまま引き継いだものとシェイクスピアのオリジナルの要素が分かってくる。

まず、私が最初に挙げた、言葉を武器にするという本作の全篇にわたる特徴だが、シェイクスピアがこれを戦略として意図的・自覚的に選んだということは、幕あきの時点で明らかだ。シャティヨンという人物は名前も役目も両作で同じ。しかし言葉遣いや態度は『ジョン王』のシャティヨンのほうが遥かに挑戦的で、端から彼自身がイングランド王相手に喧嘩を売っていると思いたくなるほどだ。「イングランドの借り物の陛下」という無礼な挨拶、「簒奪」という語を使ったり、アーサーを「貴家の甥にして正当な君主」と呼ぶなど、ジョンの神経を逆撫でするような言い回しは『乱世』のシャティヨンにはない。

はっきりと『乱世』から変えた彼の言動は、この劇を言葉と言葉の戦いにするというシェイクスピアの決意表明ののろしと見てよかろう。

フォークンブリッジ兄弟の問題が決着を見ると、舞台はすぐさまフランスに移り、イングランド王とフランス王が直接対決する。二幕一場、まるで手袋を投げ合って決闘するかのように、二人は言葉の手袋を投げ合い、フォーマルな宣戦をする。「フランスに平和あれ、もしフランスが平和のうちに、／父祖伝来の正当な権利によって余が自分の町に入場するのを認めるなら」「イングランドに平和あれ、もし軍隊が踵(きびす)を返して／フランスからイングランドへ戻り、そこで平和に生きるなら」(三五頁)

英仏両陣営トップのこの対決に踵を接して続くのは、両陣営トップの女対女の、皇太后エリナーと彼女の息子の妻コンスタンスとの舌戦である。嫌味の応酬、相手の言葉尻を捉えたあてつけとあてこすりから、身も蓋もない憎悪むき出しの罵り合いまで。挙げ句の果てに互いに相手を「化け物(monstrous)」よばわり。言葉の矢弾をぶつけ合う火花を散らすような二人の対決は『乱世』より十八行も多い。

このシーンでは、中心人物たちのみならず、アンジェの市民たちの弁舌としたたかな策も注目に値する。英仏両陣営を前に第三の立場を主張して、両王を天秤にかけ、結局、フランス皇太子とジョン王の姪との結婚を提案して和睦にこぎつけ、アンジェ市を守るのだから。『乱世』との比較対象から見て取れるもう一点、見るべき要点は、シェイクスピアが『乱世』のどの人物や場面を捨てたか、どんな場面を加え、どの人物をふくらませたか、である。これを見れば、シェイクスピアがこの劇で何を描きたかったのかがおのずから浮かび上がってくる。

結論を先に言えば、シェイクスピアは私生児フィリップ、コンスタンス、アーサー、ヒューバートらの登場シーンと台詞を増やし、彼らの人物像をふくらませている。コンスタンスのふくらませ方を見てみよう。この劇の山場のひとつは二幕のアンジェ市門前の場。『乱世』ではアンジェ市民がフランス皇太子とブランシュの結婚を提案すると き、コンスタンスも居合わせるのだが、シェイクスピアは『ジョン王』の同じシーンではコンスタンスをはずし、そのかわりに三幕冒頭で、それを聞き知った彼女が思い切り怒りと嘆きと絶望をソールズベリーにぶつける場面を創出している。それをなだめようとするアーサーに向かって放つ「私に落ち着けと言うお前がもし」で始まる反論（七二頁）はシェイクスピアならではの衝撃力を有し、この方がコンスタンスの心理と人間性が際立つ。結果として『乱世』のコンスタンスよりあらゆる意味で「強く」なっている。相手が王だろうと枢機卿だろうと恐れを知らず食ってかかり歯向かう強さと激しさを与えられたのだ。

その息子アーサーとヒューバートとの心を揺さぶられるやり取りも、シェイクスピアのオリジナルだ（一一八頁）。ちなみにこの場面自体は『乱世』にもある。賢くて思いやりがあり、人を動かす精神と言葉を持つアーサーとヒューバートとの、文字どおり命をかけた言葉の綱引きは名場面と呼ぶにふさわしい。ヒューバートには人間としての陰影と奥行きと屈折が加味された。

そして私生児フィリップ。本書の「解説」で中野春夫さんは私生児フィリップの重要性に触れ、この人物が二〇パーセントという最も多くの台詞を語り、タイトルロールである

「ジョン王の一七パーセントよりも多い」と言っておられる（RSC版の原文テクストの解説、Key Facts の項にもこの数字がある）。『乱世』でも私生児は大活躍するが、『ジョン王』ほどではないのでは？　というわけで、私もジョン王と私生児それぞれの台詞量が全体の何パーセントかをしこしこカウントしてみた（RSC版では台詞の語数か行数かどちらで数えたのか分からないが、私は行数で）。結果は、ジョン王が一三・四パーセント、私生児が一七・三パーセントで、『ジョン王』の場合の真逆！　シェイクスピアはジョンと私生児の台詞量の割合を『乱世』における割合から逆転させたわけだ。

私生児の増えた台詞量の中でも重要なのは独白だ。四カ所（二幕、相続問題決着後、二一頁、二幕、アンジェ市民の和睦の提案後、五九頁、同、皇太子ルイがブランシュへの思いを語った後、六二頁、二幕最後の、有名な「狂った世界、狂った王たち、狂った妥協！」で始まるもの、六六頁）。合計九十三行。この劇で私生児以外に独白を与えられている人物は、幼いアーサーただひとり。四幕三場冒頭で城壁の上から飛び降りるときの「この壁、高いな」で始まるいじらしくも痛切な十行だ。

この一点をとってもシェイクスピアがいかに私生児を重視していたかが分かる。『ハムレット』を持ち出すまでもなく、シェイクスピアは特別な人物にしか独白を語らせていない。独白は観客の共感をその人物に招き入れるために最も有効な手段。私生児への好感度を上げるような人物像のふくらませ方ではある。

一方、『乱世』から削ったシーンもある。その一例が王の命令による修道院からの金貨銀貨の徴収の場面だ。この件に関しては『ジョン王』では時を置いて三回言及される。一回目は一幕一場、王の「フランス遠征の軍資金は至急／各地の修道院から徴収しよう」（一二頁）。ただしこれは私生児ひとりへの示唆ではなく、エセックスを始めとする側近貴族たちに向かって言われたもの。二回目は三幕三場「甥よ、ひと足先にイングランドへ戻ってくれ、大至急だ。／俺の帰国前に、貯蓄専門の坊主どもの金袋を逆さに振って／監禁されていた天使たち、つまりエンジェル金貨を解放してこい。／（中略）余の全権を委任する、存分にやっていい」（九四頁）。これは王から私生児への命令。そして三回目は四幕二場、私生児がその命令を遂行した結果の報告である。「私が坊主どもも相手にどれほどうまく／立ち回ったかは、集めた金の額に語らせましょう」（一三二頁）。

『乱世』では丸々一場面を割いて私生児フィリップがとある大修道院に押し入り、金や財宝を奪うさまを描いている。修道院長の金貨銀貨が入っているはずのチェストを開けると、中には尼僧が隠れており、はからずも修道院内の性の乱れが露見するというコミカルなおまけもついているのだが。ともかくこの場の私生児はかなりえげつないことを言ったりしたりするのだ。修道院と聖職者を敵に回す強奪に等しい行為が観客の目の前で繰り広げられる。『乱世』では、この場面があるおかげで、王がなぜ最後に修道僧に毒殺されるのか、その理由が分かり、腑に落ちてくる。おまけに、王の死のいきさつは『ジョン王』では「報告」だが、『乱世』には修道僧が王の食事に毒を盛り、自分も食べて死ぬという場面がある。修道士たちは王を殺す動機も語る、「聖職者たちを憎んだ（原文ではは皮肉を込めてlove

と言っているが）報いとしてこれが王の最後の食事になればいい」と。『ジョン王』では、彼の所業を遠景に置き、報告にとどめたため、「修道僧による毒殺」の背景もぼやけてしまった恨みがある。それもこれも、おそらく私生児の好感度を上げ、彼に花を持たせようとした結果だと思われる。

『乱世』ではフランス軍に捕虜になった皇太后エリナーをジョンが救い出す、息子ジョンによるエリナー救出の場面がある。『ジョン王』にはそういう実際の場面はないばかりか、私生児が「陛下、私がお助けしました。皇太后様はご無事です、心配ご無用」と言うのだ（三幕二場の終わり、九三頁）。シェイクスピアはこんなところでも彼に花を持たせている。

アーサーの死体が発見されたあとの、私生児とヒューバート二人きりの場面（四幕三場の終わりの部分、一四九〜一五二頁と、五幕六場、一七九〜一八二頁）もシェイクスピアのオリジナル。両者の好感度を上げる一助になっているシーンだ。

こうして一瞥しただけで、どの人物にも必ず何分かの理があり、それぞれがその理に基づいた主張をもって他者を動かそうとしていることがお分かりいただけると思う。それがこの群像劇の面白さ、見どころ、聞きどころである。

中野さんはこの劇を「最後の最後にシェイクスピア時代の観客たちが知っているイングランドの王国諸制度がくっきりと現れてくる」とまとめておいでだが、このご指摘には私も同感である。シェイクスピアの時代には『ジョン王』も『ヘンリー八世』も人気演目だったそうだ。ローマ法王庁に代表されるヨーロッパからの干渉を排除しようとする力学が当時の観客の共感を呼んだに違いない。

現代英国のブレグジット選択の深層心理は『ジョン王』や『ヘンリー八世』に繋がっていると思えるのだが、どうだろう。

翻訳にあたり底本にしたのはJesse M. LanderとJ.J.M. Tobin編注によるアーデン・シェイクスピア版第三シリーズだが、本文の解釈や脚注作りのために以下の諸版を常に参照した。E.A.J. Honigmann編注のアーデン・シェイクスピア第二シリーズ、Claire McEachern編注のペリカン・シェイクスピア版、Robert Smallwood編注のペンギン・シェイクスピア版、Peter Alexander編、廣瀬雅弘補注のＮＨＫシェークスピア劇場版、A.R. Braunmuller編注のオックスフォード・ワールズ・クラシックス版、L.A. Beaurline編注のニュー・ケンブリッジ・シェイクスピア版、Barbara A. MowatとPaul Werstine編注のフォルジャー・シェイクスピア・ライブラリー版、Jonathan BateとEric Rasmussen編注のＲＳＣシェイクスピア版。

参照した先行訳は、坪内逍遥訳（第三書館『ザ・シェークスピア』）、北川悌二訳（筑摩書房『シェイクスピア全集』4史劇I）、小田島雄志訳（白水社『シェイクスピア全集』白水Uブックス13）。

本文の解釈、脚注、あとがきなどのために当たった参考文献は以下のとおり。

Geoffrey Bullough編著の*Narrative and Dramatic Sources of SHAKESPEARE IV* (London :Routledge and Kegan Paul, New York: Columbia University Press)、Marc Morris著の*KING JOHN-Treachery, Tyranny and the Road to MAGNA CARTA* (London: Windmill)、

Sidney Painter 著の *THE REIGN OF KING JOHN* (Baltimore: The Johns Hopkins Press)、石井美樹子著『王妃エレアノール　十二世紀ルネッサンスの華』(朝日選書)、アンリ・ルゴエレル著、福本秀子訳『プランタジネット家の人びと』(白水社)。

本訳による初演は二〇二〇年六月八日～二十八日、彩の国さいたま芸術劇場大ホールにおける彩の国シェイクスピア・シリーズ第三十六弾の公演、のはずだった。

だが、新型コロナウィルス感染症の感染拡大による緊急事態宣言を受け、公益財団法人埼玉県芸術文化振興財団は『ジョン王』の全公演の中止を決定した。

予定されていたスタッフ、キャストの名前を記しておく。

スタッフは以下のとおり。演出／吉田鋼太郎、美術／秋山光洋、照明／原田保、音響／角張正雄、衣装／宮本宣子、ヘアメイク／大和田一美、演出助手／井上尊晶、技術監督／小林清隆、舞台監督／倉科史典。

キャストは以下のとおり。ジョン王／横田栄司、私生児フィリップ／小栗旬、皇太后エリナー／中村京蔵、コンスタンス／玉置玲央、フランス皇太子／白石隼也、ブランシュ／植本純米、フランス王／吉田鋼太郎。パンダルフ／廣田高志、ヒューバート／二反田雅澄。間宮啓行、塚本幸男、飯田邦博、菊田大輔、水口テツ、鈴木彰紀*、竪山隼太*、堀源起*、阿部丈二、山本直寛、續木淳平*、大西達之介、坂口舜、アーサー／佐田照、心瑛。

この一筋縄ではゆかない劇の解釈で壁にぶつかったときには、日本人によるシェイクスピア劇上演の研究者であるロザリンド・フィールディング氏のお世話になった。東京にご滞在中は拙宅にお越し願い、イギリスに帰国なさってからはメールのやり取りで質問に答えていただいた。この場を借りてお礼を申し上げます。

二〇二〇年五月　コロナウィルス感染の終息を願いつつ　　松岡和子

追記　本作は二〇二〇年六月にさいたま芸術劇場他で上演される予定だったが、新型コロナ感染症の影響を受け、公演中止となった。それから二年半後、二〇二二年十二月から二三年二月まで、東京、愛知、大阪、埼玉での上演が叶った。本訳による初演である。

スタッフは以下のとおり。上演台本・演出／吉田鋼太郎、美術／秋山光洋、照明／原田保、音響／角張正雄、衣装／宮本宣子、ヘアメイク／大和田一美、擬闘／栗原直樹、音楽／サミエル、演出助手／井上尊晶、菅野将機、舞台監督／倉科史典、技術監督／小林清隆。

キャストは以下のとおり。ジョン王／吉原光夫（東京公演）、吉田鋼太郎（愛知・大阪・埼玉公演）、私生児フィリップ／小栗旬、皇太后エリナー／中村京蔵、コンスタンス／玉置玲央、フランス皇太子／白石準也、ブランシュ／植本純米、フランス王／吉田鋼太郎（東京公演）、櫻井章喜（愛知・大阪・埼玉公演）、パンダルフ／廣田高志、ヒューバート／高橋努。アーサー／酒井禅巧、佐藤凌（Wキャスト）、アンジェの市民他／間宮啓行、塚本幸男、メルーン伯他飯田邦博、オーストリア公／水口テツ、ソールズベリー伯／堀内守、王子ヘンリー他／山本直寛、ペンブルック伯他／鈴木彰紀、エセックス伯他／堀源起、シャチオン他／阿部丈二、ロバート・フォークンブリッジ他續木淳平、ビゴット他／大西達之介、使者他／松本こうせい。

解説　ロンドンの出稼ぎ民衆と『ジョン王』の劇世界

中野春夫

意外にジョン王の知名度は高く、ディズニー・ファンならアニメ『ロビン・フッド』（一九七三年）に登場する少々変態的なライオンの「プリンス・ジョン」でお馴染みだと思う。大学受験で世界史をとった方なら、フランス領をすべて失った挙句、イングランド臣民の怒りを買って「マグナカルタ」を認めざるを得なかった無能国王として暗記しただろう。専門的な知識をお持ちであれば、ローマ教皇から破門されその足元にひれ伏した恥さらし国王として記憶されているかもしれない。いずれにしても、ジョン王の一般的なイメージは陰湿で無能、邪悪と昔も今も良くない。

今日では『ジョン王』はシェイクスピア劇のなかで最も人気のない作品の一つで、それは主人公のキャラクターを考えると致し方ないのかもしれない。ところが、その昔はアレグザンダー・ポープのランキング（四ランクのうち二番目）のように、シェイクスピア劇の中でも面白い、あるいは優れている作品と評価されていた。やたら謎とか「問題」でごまかしてきた『ハムレット』や「問題劇」の解説もそうだけれど、『ジョン王』本来の面白さをきちんと説明できないのは私たち研究者が悪いのかもしれない。

手始めに、インターネットで「アンジュー帝国（Angevin Empire）」を検索していただければ、瞬時に『ジョン王』の設定の隠された面白さが理解できると思う。イングランド王国は一一五四年から一二一六年まで、ヘンリー（アンリ）二世、リチャード（リシャール）一世、ジョン（ジャン）と、三人のフランス貴族アンジュー公爵の統治を受けていたのである。アンジュー家はヘンリー二世の時代にアリエノール・ダキテーヌ（このお芝居の皇太后エリナー）との婚姻を通じて英仏にまたがる広大な領土を獲得することになり、「アンジュー帝国」の片隅にあったのがイングランド王国だった。この「帝国」が崩壊して、アンジュー家が本拠地のフランス領を失い、異国の地でイングランド国王として生きていかなければならなくなったのがジョン王の時代である。『ジョン王』はまさしくイングランド王国がフランス人の支配から離れて自立化し、イングランド独自の特性を持つようになる最初期の経緯を演劇化したものである。ジョン王はあきれ返るような凡ミスを次から次へとやらかしていくが、そのたびにイングランド王国はシェイクスピア時代の観客が知っているイングランドらしさを獲得していくのである。『ジョン王』とは、ロンドンの観客たちが体験した究極のマゾヒスティックな愛国精神体験劇だったはずである。

いくつか『ジョン王』の鑑賞ポイントを挙げると、まずは劇世界での相続ルールに注目してほしい。アンジュー家当主三代目のジョンは末っ子の四男坊（幼くして死んだウィリアムを入れれば五男坊）であったため、彼までは領土の分け前が回ってこなかった。そのため「土地なし（Lackland）」というありがたくない綽名を頂戴することになるが、初代ヘンリー二世と犬猿の仲であった二代目当主の次男リチャード一世が三男の家系を飛ばし、遺言で四男ジョンをアンジュー帝国の相続者に指名してくれた。そのおかげで末子ジョンには棚から牡丹餅の、英仏にまたがる広大な不動産所有権が転がり込む一方、本来の順番を飛ばされた三男故ジェフリーの長男アーサーはジョンとの間で激しい抗争を起こすことになる。『ジョン王』前半の面白さはシェイクスピアがこの王国相続争いを、異種格闘技のような相続バトルと裏切りその他なんでもありの仁義なき戦いとして描いたことにある。『ジョン王』の第一幕第一場はフランス王フィリップが使者を通じてジョンの王国相続に異議を唱え、長男子単独相続制度（primogeniture）の原則に基づき、アーサーにイングランド王国やアイルランド、フランス西部の不動産相続権すべてを譲れとジョンを恫喝するところから始まる。ジョンが毅然と拒絶する姿は頼もしい限りだが、その直後にシェイクスピアは、ジョンの頭の中が見かけの威厳とはだいぶ違うことに観客たちが気付いてしまうようなエピソードを組み入れていた。第一幕第一場にはもう一件の相続トラブルが登場し、こちらでも遺言指名と長男子単独相続制のどちらが優先するかという問題が持ち上がっていた。その裁きを委ねられたのがジョンである。

末子でありながら、兄の遺言指名によって「アンジュー帝国」すべてを相続できたジョンであれば、何が何でも父親の遺言指名を受けているロバートに軍配を上げなければならない。ところが、シェイクスピアのジョンは親族やイングランド貴族の前で公然と遺言の効力を否定する。ジョンの裁決によれば、たとえ母親の不義で生まれた子供でも、先に生まれたフィリップが長男として優先して相続しなければならないのである。このお芝居の中で観客が嫌というほど見せつけられるのがジョンの判断の悪さ、優柔不断さ、身勝手さであり、とりわけアーサー暗殺の教唆やローマ教皇との抗争でコロコロと態度を変えていくご都合主義は当時の観客の愛想を尽かしめたに違いない。

もう一つの鑑賞ポイントは嫌われ役「悪王ジョン」のペア、シェイクスピア版「ロビン・フッド」の活躍である。『ジョン王』の劇世界では、国王や貴族、高位聖職者など支配階級の行動に誓約とか忠節、志操堅固などのモラル・コードがかけらも見られない。英仏王やローマ教皇はもちろんのこと、イングランド臣民の防波堤であるイングランド貴族でさえ『ジョン王』の後半部ではその場その場で立場を変え、この変節のおかげでイングランド王国は絶体絶命の危機にさらされるのである。その中でただ一人、北極星のようにイングランド王国に対し不動の忠義を尽くす登場人物がいる。「私生児」ことフィリップ・フォークンブリッジ(のちにサー・リチャード・プランタジネットに改名)であるが、この人物の設定にはシェイクスピア時代の観客をしびれさせる特別な工夫が凝らされていた。

シェイクスピア時代のイングランド社会は異様に流動性が高く、ロンドンへの一極集中化が加速度的に進んでいた。その大きな要因の一つが先に触れた長男子単独相続制度であり、『お気に召すまま』のオーランドーのように次男以下に生まれた若者は不動産を相続できないため、自らの運勢と才覚を信じ一攫千金の夢を見ながらロンドンに流れ込んできたのである。平日の昼間にロンドン郊外の芝居小屋へ駆けつけ、ジョンの節操のない振る舞いを見ていたロンドンの観客たちの多くがこうした野心的な地方出身の若者であり、新興の娯楽産業に身を投じた当のウィリアム・シェイクスピアもこの出稼ぎ民衆の一人だった。『ジョン王』にはこうした根無し草の心を鷲掴みにする登場人物が颯爽と現れる。フィリップ・フォークンブリッジはジョンの裁定で長男と認定され、（実父ではない）父親サー・ロバートの不動産を獲得できるが、なんの執着もなく相続権を放棄し「私生児」を自他ともに認めながら、自らの才覚で生きていくことを決意するのである。「私生児」とはロビン・フッドのような、シェイクスピア時代のアウトロー的生き様願望を背負ったキャラクターであり、私たちの坂本竜馬や前田慶次に似たバサラ（婆娑羅）ヒーローなのである。

『ジョン王』の中で最も多くの台詞を語るのが「私生児」であり（二〇パーセント）、タイトルの登場人物であるジョン王の一七パーセントよりも多い。さらに第三幕を除き「私生児」はコーラス役としてすべての幕で観客に対し、直接言及か独白で演説を行う。その演説の中でもとりわけ有名なのが人間に没義道（もぎどう）な振る舞いをさせる「私利私欲（Commodity）」についての解説である。〝commodity〟とはもちろん「商品」のことだが、シェイクスピア時代にはロンドンのような都市部だけに通じる特殊な隠語でもあった。この時代、年間一〇パーセント以上の利息は非合法なので、一〇〇ポンドの融資に対し五〇ポンドは現金、残り五〇ポンド分は五〇ポンド相当の「商品」(ヴィオラの弦などのガラクタが提供されるの通常で、今日のパチンコの換金システムと同じである)で払われるような荒っぽい闇金融が存在していた。要するに利息率年間一〇〇パーセントの極悪な違法融資であり、「商品」とは濡れ手に粟で手に入る、あこぎ極まりない利益を意味していた。言うまでもないと思うが、売春ビジネスもこの語が表す「商品」の一つだった。

「私生児」がアンジェ市民の斡旋により英仏王の間で結ばれた婚姻関係と和平協定に対し、「狂った世界、狂った王たち、狂った妥協!」と表現し、ジョンやフランス王たちとその取引品(姪とフランス領)に対し「私利私欲(Commodity)」や「やり手婆あ(bawd)」、「客引き(broker)」など、独特なレッテルを貼り付けていく。ロンドンの観客たちは彼らだけが分かる用語で、ジョンたちの欲得尽くの行動を彼らの裏社会で密かに行われる極悪融資や売春斡旋と二重写しにしていたのである。ほとんどの研究者が誤解しているけれども、一五四六年のバンクサイド売春街閉鎖以降ロンドンの売春は非合法となり、シェイクスピア時代にはおおっぴらにできる商売ではなくなっていた。だからこそ、「やり手婆あ」や「客引き」は女性を「商品」として濡れ手で粟の斡旋料を懐にすることが可能だった。ジョンやフランス王、ローマ教皇たちが「私利私欲」本位で行動するたびに、観客の頭の中ではイングランド王国が富を掠め盗られ、どんどんやせ細っていくのである。

『ジョン王』の大団円では、イングランド王国はフランス領が失われ、ローマ・カトリック教会とも疎遠になる結果、王国にはブリテン島とアイルランド、そしてイングランド人の臣下たちという骨格だけが残される。その代わりに離反したイングランド貴族が戻り、毒殺されたジョン王に代わって、長男のヘンリーが長男子単独相続制に基づき即位する。これでもかこれでもかとジョンの失政を見せつけられるお芝居ではあるが、最後の最後にシェイクスピア時代の観客たちが知っているイングランドの王国諸制度がくっきりと現れてくるのである。その最後に語られるのが、この台詞のために『ジョン王』は書かれたといっても過言ではない決め台詞、シェイクスピア劇屈指の名文句とされてきたイングランド賛歌である――「イングランドがおのれに対し忠実であるかぎり、我々を悲しませるものは何もない」。

締めくくりの演説が新国王ヘンリー三世や有力貴族でなく、観客代表の「私生児」によって語られるところがこのお芝居のすべてを物語っている。このイングランド賛歌は正確にいうとロンドンの観客を対象としたイングランド民衆応援歌（チャント）である。『ジョン王』とは、国王が多少バカでも、貴族たちが自分勝手で頼りなくとも、聖職者が腐りきっていても、王国の礎である自分たち民衆がしっかりして忠誠を守り続ければ、イングランド王国は昔も、今も、未来も揺るぎないことを確認しあったお芝居である。

⚜戦後日本の主な『ジョン王』上演年表（一九四五〜二〇二〇年）

松岡和子

＊上演の記録は東京中心。脚色上演を含む。
＊配役の略号は、ジョン王＝KJ、私生児＝B、フランス王＝P、フランス皇太子＝L、コンスタンス＝C、エリナー＝E、アーサー＝A、ヒューバート＝H

一九八〇年六月　シェイクスピア・シアター＝小田島雄志訳／出口典雄演出／重藤洋一音楽／KJ＝河上恭徳、B＝渡辺哲、P＝松井純郎、L＝小木曽俊弘、C＝吉沢希梨、E＝好村俊子、A＝大田享明、H＝佐藤昇／東京・ジァン・ジァン

一九八三年十一月　全シェイクスピア＝阿部良構成・訳・演出／中里繪魯洲美術／中村ヨシミツ音楽／鬼沢洋子音響／日高勝彦照明／KJ＝牧口元美、B＝田中せいや、P＝高林幸兵、C＝松田晴世、E＝中島葵、A＝神保麻奈／東京・スペース・デン

一九九〇年十一月　朗読シェイクスピア全集＝小田島雄志訳／荒井良雄朗読／東京・岩波シネサロン

一九九三年八月　シェイクスピア・シアター＝小田島雄志訳／出口典雄演出／倉本政則美術／福島一幸音楽／尾村美明照明／KJ＝松木良方、B＝吉田鋼太郎、P＝中嶋しゅう、L＝程島鎮磨、C＝吉沢希梨、E＝藤堂陽子、A＝遠藤文栄、H＝円道一弥／東京・パナソニック・グローブ座（現・東京グローブ座）

二〇〇九年十二月　楠美津香ひとりシェイクスピア『超訳ジョン王』＝小田島雄志訳を参考にした超訳／東京・労音東部センター／二〇一五年に横浜、二〇二〇年に東京で再演。

二〇二〇年六月　彩の国さいたま芸術劇場＝松岡和子訳／吉田鋼太郎演出／秋山光洋美術／原田保照明／角張正雄音響／宮本宣子衣裳／KJ＝横田栄司、B＝小栗旬、P＝吉田鋼太郎、L＝白石隼也、C＝玉置玲央、E＝中村京蔵、A＝佐田照、心瑛（ダブルキャスト）、H＝二反田雅澄／埼玉県さいたま市・彩の国さいたま芸術劇場大ホール（二〇二〇年四月現在の予定）（「訳者あとがき」二〇一、二〇二頁参照）

『ジョン王』関連年表

松岡和子

一一六七年十二月二十四日	ヘンリー二世とアリエノール・ダキテーヌ（エリナー）の末子（四男）としてジョン誕生
一一八三年	ヘンリー二世の長男若ヘンリー十三歳で没
一一八九年七月	ヘンリー二世没 リチャード一世即位 第三回十字軍遠征に参加（〜一一九二）
一一九二年	リチャードがオーストリア公レオポルトによってウィーン近郊で虜囚に（**二幕一場で言及**）
一一九九年四月	リチャード一世、アキテーヌにて没 ジョンがイングランド国王に即位・戴冠（於ウェストミンスター・アビー）
一二〇〇年五月十八日	フランス皇太子ルイとブランシュ（ブランカ・デ・カスティリア）結婚（**二幕一場〜三幕一場**）
八月二十四日	ジョン王、イザベラ・オブ・アングレームと結婚
十月八日	新王妃、ウェストミンスター・アビーで戴冠式、王も共に戴冠する
十二月	ヨークの空に五つの月が出たとの噂（**四幕二場で言及**）
一二〇一年九月	コンスタンス没（享年四十歳）（**四幕二場で言及**）
一二〇二年四月十四日	カンタベリーにて二度目の戴冠式（**四幕二場はその直後**）
四月三十日	フィリップ二世、ジョン王に対し、彼のフランスにおけるすべての領域を没収すると宣告。これを機にアーサーがフィリップ二世

八月一日	ミルボー城でアーサー側に攻撃されたアリエノールをジョンが救出（三幕二場の終りで言及。ただし私生児が助けたことになっている）、逆にアーサーを捕らえる
一二〇三年四月	アーサーの死体が発見される（四幕三場）
一二〇四年	アリエノール没（四幕二場で言及）
一二〇五年	カンタベリー大司教ヒューバート・ウォルター没。ローマ法王インノケンティウス三世はラングトン枢機卿を後任に任命するが、ジョンはこれを認めず（三幕一場）
一二〇九年	インノケンティウス三世、ジョンを破門
一二一三年五月	ジョンは法王使節をドーヴァーで迎え、その前に王冠を置いて跪き、インノケンティウス三世への恭順を示す。ジョンの破門は解かれる（五幕一場）
一二一五年六月	ジョン王、封建諸侯と都市代表の要求を容れ「マグナカルタ（大憲章）」に署名
一二一六年十月十八日（または十九日）	ジョン王、リンカンシャーのスワインズヘッドにて赤痢のため死去（五幕七場）

『ジョン王』関係系図

［　］内の年号は在位期間　（　）内の年号は生没年、枠で囲ったのは本作の登場人物

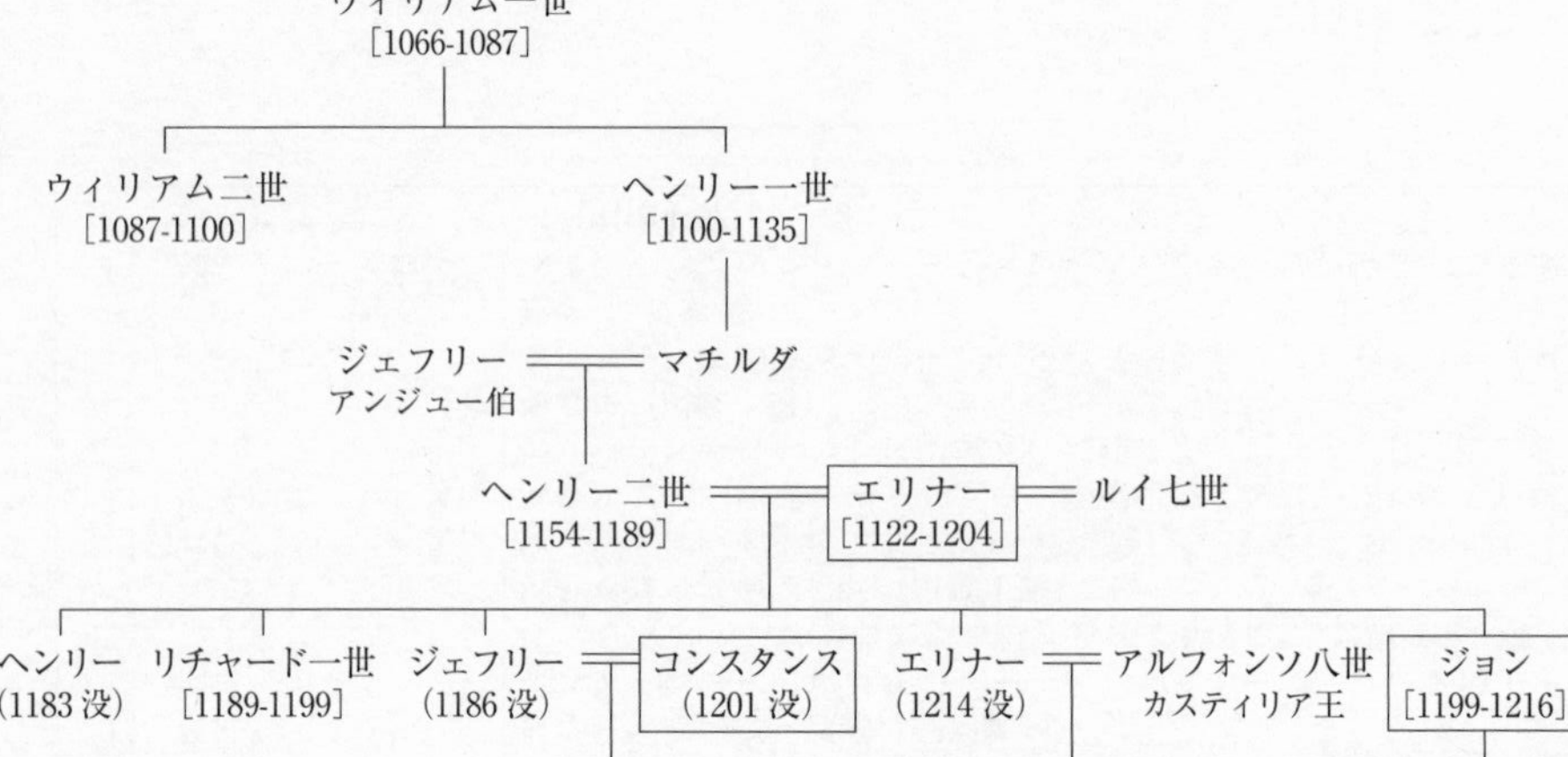

本書はちくま文庫のための訳し下ろしである。

本書のなかには、今日の人権意識に照らせば不当・不適切と思われる表現を含む文章もあるが、本書の時代背景および原著作の雰囲気を精確に伝えるため、あえてそのままとした。

シェイクスピア全集（刊行中）

シェイクスピア
松岡和子訳

シェイクスピア劇、待望の新訳刊行！ 普遍的な魅力を備えた戯曲を、生き生きとした日本語で。詳細な注、解説、日本での上演年表をつける。

ハムレット

シェイクスピア
松岡和子訳

「生きてとどまるか、消えてなくなるか、それが問題だ。」——多くの名セリフを生んだシェイクスピア悲劇の最高傑作の新訳。（河合祥一郎）

ロミオとジュリエット

シェイクスピア
松岡和子訳

宿命的な出会いと、短かくも美しい悲恋物語……あまりにも有名な悲劇の代表的傑作の待望の新訳。脚注・上演年譜付き。（中野春夫）

マクベス

シェイクスピア
松岡和子訳

シェイクスピア四大悲劇の一つを、斬新な解釈の新訳で。訳者による詳細な脚注と、日本における上演年表、新鮮な解説付き。（中野春夫）

夏の夜の夢　間違いの喜劇

シェイクスピア
松岡和子訳

妖精と人間が、ほれ薬のために大さわぎとなる『夏の夜の夢』、二組の双子をめぐる『間違いの喜劇』の二本を収録。（河合祥一郎　前沢浩子）

リア王

シェイクスピア
松岡和子訳

「愛は量れるか？」四大悲劇の最高峰の新訳。時代を超えて人間の存在を照らし出す大活劇。新鮮な解説、詳細な脚注、上演年表付き。（河合祥一郎）

十二夜

シェイクスピア
松岡和子訳

難破船から生き残ったヴァイオラは男装して公爵のお小姓に。そこから恋の糸がもつれ……。ロマンティック・コメディの傑作。（前沢浩子）

リチャード三世

シェイクスピア
松岡和子訳

世界を憎悪するリチャードは、奸計をつくして王の座を手にするが——。疾走する悪の醍醐味を、大好評の新訳で。詳しい注釈付。（中野春夫）

テンペスト

シェイクスピア
松岡和子訳

弟に地位を奪われ孤島に流されたミラノ大公。魔法を身につけた彼は、嵐を起こし、弟の乗る船を難破させ、島へ漂着させる……。（河合祥一郎）

ウィンザーの陽気

シェイクスピア

無類の酒好き、女好き、太目の悪党フォルスタッフ。いい目を見ようと人妻に言い寄るが、企みバレて大

ヴェニスの商人　松岡和子訳

せろ——シャイロックの要求は通るのか。お金とセックスの隠喩に満ちた喜劇。（中野春夫）

ペリクリーズ　シェイクスピア　松岡和子訳

シェイクスピア最初のロマンス劇。苛酷な運命を乗りこえ、歳月をへて喜びに包まれるペリクリーズと家族の不思議な物語。（河合祥一郎）

タイタス・アンドロニカス　シェイクスピア　松岡和子訳

ゴート人征討大将軍タイタス。戦死した息子の弔いにゴート女王の息子を屠るが、愛娘が凌辱と手舌切断の仕返しに……。凄惨復讐劇。（由井哲哉）

オセロー　シェイクスピア　松岡和子訳

元老院議員の娘デズデモーナと結婚し、幸福の絶頂にある将軍オセロー。だが策略の罠に嵌ったオセローは嫉妬に狂った末に——。（中野春夫）

コリオレイナス　シェイクスピア　松岡和子訳

誇り高きローマの将軍コリオレイナスは、民衆の支持を得られずに祖国から追放される。復讐に燃える孤独な英雄の葛藤と悲劇。（河合祥一郎）

お気に召すまま　シェイクスピア　松岡和子訳

「一目惚れでなければ恋にあらず」アーデンの森を舞台に数組の男女が織り成す風刺の効いた恋愛喜劇。（前沢浩子）

恋の骨折り損　シェイクスピア　松岡和子訳

ナヴァール王国の若き王ファーディナンドと三人の友人貴族、フランス王女と三人の美しい侍女達が繰り広げる小気味よい恋愛劇。（由井哲哉）

から騒ぎ　シェイクスピア　松岡和子訳

舞台はシチリア島メッシーナ。青年貴族クローディオとベネディックが二人の娘と繰り広げる小気味よい恋愛劇。（中野春夫）

冬物語　シェイクスピア　松岡和子訳

妻と友人の仲を疑うシチリア王レオンティーズの嫉妬は数々の悲劇をもたらすが、16年後すべての誤解が解ける。晩年のロマンス劇。（前沢浩子）

ヘンリー六世　全三部　シェイクスピア　松岡和子訳

歴史に翻弄される王ヘンリー六世と王を取り巻く人々を描いた長編史劇三部作。王侯貴族から庶民までが骨肉の争いを繰り広げる。（河合祥一郎）

じゃじゃ馬馴らし　シェイクスピア　松岡和子訳

ヴェローナの熱血紳士ペトルーチオがパドヴァのじゃじゃ馬娘キャタリーナと結婚し、その「調教」に乗り出すが……。軽快な喜劇。（前沢浩子）

アントニーとクレオパトラ　シェイクスピア　松岡和子訳

ローマの武将アントニーはエジプト女王クレオパトラとの恋に溺れ、ローマと敵対。帝国の命運をかけた恋は劇的な結末を迎える。（由井哲哉）

シンベリン　シェイクスピア　松岡和子訳

ブリテン王シンベリンの娘イノジェンは、イタリア人ヤーキモーの罠にはまり不貞を疑われる。悲劇の後、幸福な結末に至るロマンス劇。（前沢浩子）

トロイラスとクレシダ　シェイクスピア　松岡和子訳

トロイラスの恋人クレシダは、ギリシャ軍の捕虜となる。敵と対峙したトロイラスが見た光景は――。トロイ戦争を題材にした恋愛悲劇。（中野春夫）

ヘンリー四世　全二部　シェイクスピア　松岡和子訳

謀反と叛乱に翻弄される王ヘンリー四世の治世下で、王子ハルとほら吹き騎士フォルスタッフの軽快な掛け合いが人気の史劇。（河合祥一郎）

ジュリアス・シーザー　シェイクスピア　松岡和子訳

ローマへ凱旋したシーザーをブルータスらは刺殺する。しかしマーク・アントニーの巧みな演説で民衆は心を動かされ、形勢は逆転する。（由井哲哉）

リチャード二世　シェイクスピア　松岡和子訳

従兄弟ボリングブルック（のちのヘンリー四世）の復讐心から、屈辱のうちに暗殺された脆弱な国王リチャード二世の悲痛な運命を辿る。（前沢浩子）

ヴェローナの二紳士　シェイクスピア　松岡和子訳

ヴェローナの青年紳士プローティアスとヴァレンタインが巻き起こす恋愛騒動の結末は――。シェイクスピア初期の喜劇作品。（中野春夫）

尺には尺を　シェイクスピア　松岡和子訳

性、倫理、欲望、信仰、偽善、矛盾だらけの脆い人間たちを描き、さまざまな解釈を生んできたシェイクスピア異色のシリアス・コメディ。（井出新）

アテネのタイモン　シェイクスピア

なみはずれて気前のいいアテネの貴族タイモンをとりまく人間模様。痛烈な人間不信と憎悪、カネ本位

ヘンリー五世　松岡和子訳

ンリー五世」に変貌した。屈辱的交渉決裂の後、圧倒的戦力のフランス軍に挑む。（由井哲哉）

ヘンリー八世　シェイクスピア　松岡和子訳

16世紀、テューダー朝。欲望、奸計、闘争が渦巻く中、最強の王、現る。稀代の王をめぐるシェイクスピア晩年の壮麗な歴史劇。（河合祥一郎）

「もの」で読む入門シェイクスピア　松岡和子

シェイクスピア劇に登場する「もの」から、全37作品の意図が克明に見えてくる。「世界で最も親しまれている古典」のやさしい楽しみ方。（安野光雅）

ロートレアモン全集（全1巻）　ロートレアモン（イジドール・デュカス）　石井洋二郎訳

高度に凝縮された反逆と呪詛の叫びと静謐な慰藉の響き——24歳で夭折した謎の詩人の、極限に紡がれた作品を一冊に編む。第37回日本翻訳出版文化賞受賞。

アーサー王ロマンス　井村君江

アーサー王と円卓の騎士たちの謎に満ちた物語。戦いと愛と聖なるものを主題にくり広げられる一大英雄ロマンスの、エッセンスを集めた一冊。

キャッツ　T・S・エリオット　池田雅之訳

劇団四季の超ロングラン・ミュージカルの原作新訳版。あまのじゃく猫におちゃめ猫、猫の犯罪王に鉄道猫。15の物語とカラーさしえ14枚入り。

高慢と偏見（上）　ジェイン・オースティン　中野康司訳

互いの高慢さから偏見を抱いて反発しあう知的な二人がやがて真実の愛にめざめてゆく……絶妙な展開で深い感動をよぶ英国恋愛小説の名作の新訳。

高慢と偏見（下）　ジェイン・オースティン　中野康司訳

互いの高慢からの偏見が解けはじめ、聡明な二人は急速に惹かれあってゆく……。あふれる笑いと絶妙の展開で読者を酔わせる英国恋愛小説の傑作。

分別と多感　ジェイン・オースティン　中野康司訳

冷静な姉エリナーと、情熱的な妹マリアン。好対照をなす姉妹の結婚への道を描くオースティンの永遠の傑作。読みやすくなった新訳で初の文庫化。

説得　ジェイン・オースティン　中野康司訳

まわりの反対で婚約者と別れたアン。しかし八年後思いがけない再会が。繊細な恋心をしみじみと描くオースティン最晩年の傑作。読みやすい新訳。

ノーサンガー・アビー　ジェイン・オースティン　中野康司訳

17歳の少女キャサリンは、ノーサンガー・アビーに招待されて有頂天。でも勘違いからハプニングが……。オースティンの初期作品、新訳&初の文庫化！

マンスフィールド・パーク　ジェイン・オースティン　中野康司訳

伯母にいじめられながら育った内気なファニーはいつしかいとこのエドマンドに恋心を抱くが——。恋愛小説の達人オースティンの円熟期の作品。

ジェイン・オースティンの言葉　中野康司

オースティンの長篇小説を全訳した著者が、作品中の含蓄ある名言を紹介する。オースティン・ファンもこれから読む人も満足する最高の読書案内。

ギリシア悲劇（全4巻）

荒々しい神の正義、神意と人間性の調和、人間の激情と心理。三大悲劇詩人（アイスキュロス、ソポクレス、エウリピデス）の全作品を収録する。

ギリシア悲劇Ⅰ　アイスキュロス　高津春繁他訳

「縛られたプロメテウス」「ペルシア人」「アガメムノン」「供養する女たち」「テーバイ攻めの七将」ほか2篇を収める。（高津春繁）

ギリシア悲劇Ⅱ　ソポクレス　松平千秋他訳

「アイアス」「トラキスの女たち」「アンティゴネ」「エレクトラ」「オイディプス王」「ピロクテテス」「コロノスのオイディプス」を収録。（高津春繁）

ギリシア悲劇Ⅲ　エウリピデス　松平千秋他訳

「アルケスティス」「メデイア」「ヘラクレスの子供たち」「ヒッポリュトス」「アンドロマケ」「ヘカベ」「ヘラクレス」ほか3篇を収録。（松平千秋）

ギリシア悲劇Ⅳ　エウリピデス　松平千秋他訳

「エレクトラ」「タウリケのイピゲネイア」「ヘレネ」「フェニキアの女たち」「オレステス」「バッコスの信女」「キュクロプス」ほか2篇を収録。（付・年表／地図）

バートン版 千夜一夜物語（全11巻）　大場正史訳　古沢岩美・絵

めくるめく愛と官能に彩られたアラビアの華麗な物語——奇想天外の面白さ、世界最大の奇書の名訳による決定版。鬼才・古沢岩美の甘美な挿絵付。

バートン版 千夜一夜物語　大場正史訳

女性への不信から毎日一夜妻殺しを演ずる王にむけ、シャーラザッドの絢爛たる物語が幕を開ける……

千夜一夜物語2　大場正史訳

界。「恋に狂った奴アイユブの物語」「オマル王とふたりの息子」などを収め、読者を魅了する。

バートン版
千夜一夜物語3　大場正史訳

溶けてしまいそうな鮮烈美！　官能愛の歓びの絶頂を描いた傑作「アジズとアジザーの話」、教主最愛の側室と美貌の若者の悲恋物語などを収める。

バートン版
千夜一夜物語4　大場正史訳

魔神のいたずらから、遥かはなれた美しい王子と王女が宿命の恋におち、数奇な運命をたどる大ロマン「カマル・アル・ザマンの物語」などを収録。

バートン版
千夜一夜物語5　大場正史訳

空飛ぶ木馬にまたがって、大空を駆ける王子の恋と冒険を描く「黒檀の馬」、リリシズムの香り高い熱烈な純愛物語など、不思議で華麗な物語の世界。

バートン版
千夜一夜物語6　大場正史訳

海の上を歩きまわる若者、天女とともに空を飛ぶ王子、怪鳥、魔神、謎の宝の城……奇想天外、絢爛たるイメージに彩られた「巨蛇の女王」などを収録。

バートン版
千夜一夜物語7　大場正史訳

シンドバッドの七つの航海を物語る変幻極まりない壮大な冒険奇譚、人の世の栄枯盛衰が詩情あふれる東洋風諦観のうちに語られる「真鍮の都」などを収録。

バートン版
千夜一夜物語8　大場正史訳

息もつかせぬ魔法・妖術の戦いを描く「海から生まれたジュルナールとその子のペルシャ王バシム」、王子と王女の夢のような恋物語などを収める。

バートン版
千夜一夜物語9　大場正史訳

白鳥の美女を慕い彼方の島へ――「シンドバッド」と双璧をなす名篇「バッソラーのハサン」、貧しい漁師の爽やかな心意気を描く佳篇を収める。

バートン版
千夜一夜物語10　大場正史訳

美しい若者と絶世の美貌をもつ奴隷女（じつは王女）の数奇な恋の逃避行を描く「アリと帯作りのミリアム姫」など、めくるめく愛と官能の物語。

バートン版
千夜一夜物語11　大場正史訳

妖艶な人妻と純情な若者の、爛熟美あふれる情痴の世界を描く「カルル・アル・ザマンと宝石商の妻」など、華麗な物語とともに全篇の幕が下りる。

ちくま文庫

ジョン王（おう）　シェイクスピア全集32

二〇二〇年 六 月 十 日 第一刷発行
二〇二四年十一月二十五日 第五刷発行

著 者 シェイクスピア
訳 者 松岡和子（まつおか・かずこ）
発行者 増田健史
発行所 株式会社 筑摩書房
東京都台東区蔵前二―五―三 〒一一一―八七五五
電話番号 〇三―五六八七―二六〇一（代表）
装幀者 安野光雅
印刷所 中央精版印刷株式会社
製本所 中央精版印刷株式会社

ISBN978-4-480-04532-4 C0197